死相學偵探5

十二之贄

三津田信三
Shinzo Mitsuda

目錄

一　墓地

在悠真面前，是一條覆滿白雪的石版路，像條大蟒蛇般蜿蜒曲折，消失在兩側杉木的盡頭。老實說，這副光景實在令人寒毛直豎。

不過他也不曉得這到底是不是一條石版路，到這座山中墓地的路途，是久能律師一路雪花迸濺開車載他來的。律師一步也不肯踏出溫暖的車內，只是伸手指向參道起點的前之橋說：

「有些地方可能結冰了，你要小心腳下。」

一般可能會認為久能是在擔心悠真的安全，但他的語氣中絲毫不帶這種情感。那副態度看起來，僅僅像是因為前方有能夠事先預料的危險，所以順口提醒一下罷了。

儘管如此，悠真仍舊相當天真，他以為不管再怎麼說，久能都會陪同自己完成這項苦差事。

沒想到，他在車裡拖拖拉拉時——

「已經過午夜十二點了。」

久能像是在催促他趕緊出發，毫不留情地將他趕出車外。

悠真不禁渾身發顫。不只因為他突然毫無遮蔽地置身於深山嚴寒中，也因為他終於醒悟，接下來自己得一個人走進第一次造訪的大面家墓地。

讓一個國中生在半夜做這種事對嗎……？

悠真一走過前之橋就立刻回頭。

就算是素來公事公辦的久能，親眼看到現場情況後，應該也會認為這場任務大有問題吧？悠真忍不住暗自期待，但車內卻見不著律師的身影。

他果然還是擔心我——

悠真正感到竊喜，不過車旁雪地上仍只有自己凌亂的足跡。換句話說，久能並沒有下車。

那個老爺爺該不會是在睡覺吧？

他多半是將駕駛座往後倒了。悠真正想詛咒他最好車子沒電凍死算了，但立刻想到這樣自己也會回不了家，只好打消念頭。

從西東京茄新市郊區的大面家宅邸開車到這座山山頂，連十分鐘都不用。儘管如此，他絕對不想親身體驗在二月的半夜走路回家這種事，當然也不樂意在漆黑的深山中，和久能一同縮在沒有暖氣的車內發抖等待救援。

這個奇特的地方叫作彌勒山，山上唯一的人造物就只有方才來時，路上那條寬幅僅能勉強容一台汽車通過的鋪石路面。從入山口到山頂的路上，絲毫沒有半點燈光，淨是伸手不見五指的深幽黑暗，只有久能那台車的車頭燈，發出射穿黑暗的銳利光束。

然而兩人一抵達山頂，亮光乍現眼前。原來是前之橋橋頭上，石燈籠發出的微光。

「那個是電燈嗎？」

悠真不假思索出聲詢問。那個光源十分微弱，加上地點遠離人煙，就算久能騙他那是蠟燭，他肯定也會相信。

「對。」

但久能只是簡短回答，理所當然的態度像在暗示，憑藉大面家的權勢和財力，要在這種偏僻深山裡拉電線，根本只是件囊中取物般的小事。

在悠真眼前曲折延伸的積雪路上，似乎是一路都設置了石燈籠，黯淡無力的光線隱隱約約地照出一條他應當前進的路徑。

什麼都不能帶，必須孑然一身地前往。

久能不僅事先口頭警告，在悠真上車前居然還搜他身，沒收了他原本偷藏在大衣口袋的小型手電筒。現在只能靠這些石燈籠了。

幸好沒有下雪。

悠真努力想要保持樂觀。不能帶任何東西，這個規定當然也包括雨傘。他身上穿的是帽兜大衣，萬一真的下雪也不怕，但他可不想在紛飛大雪中行走，更別提這裡可是墓地。

大面家墓地位於彌勒山山頂，面朝正西方開展，更精確來說，或許該用延伸這個詞來形容。鋪石參道從悠真方才經過的那座前之橋起，一路延伸到最深處的祠堂。兩側杉樹中立著不知凡幾的墓碑，當然並非每一塊都是大面家族人的墓。從前之橋到中之橋間的區段，埋葬的是和大面家毫無關連、無人供養的亡者。從中之橋到終橋之間，則是大面家相關人士沉眠之處。走過終橋，就會抵達那座祠堂，裡面供奉著彌勒教教祖的肉身佛像。

從前之橋到祠堂的距離差不多兩公里，不過參道彎曲如蛇，常有平緩的高低起伏，實際走來感覺更加漫長。更何況現在路面上積了雪，時間又是半夜，簡直可說是在最惡劣的情況下走這條路了。

……不過，非走不可吧。

總不能一整晚都站在這裡發呆。悠真遲疑地再度回望一眼，接著就擠出渾身上下的勇氣，緩緩朝雪道踏出步伐。

……不行，我果然還是辦不到。

但才走沒兩步，雙腳就僵硬地不聽使喚。心中是無盡後悔，當初說什麼都應該拒絕的。

就連一絲微弱月光都沒有的漆黑夜晚，午夜零時過後的深夜時分，讓一名國中生獨自走在這座瀰漫未知氣息的深山，遍地墓碑圍繞的積雪參道上，這實在是太亂來了。毫無月光和積雪就算是不可抗力好了，但其他條件可不是，一切都是按照大面幸子的遺囑進行。

那個老太婆，到底在想什麼……？

雖然悠真在心中暗罵她「老太婆」，但她其實是悠真的義母，只是兩人間的年齡差距高達將近七十歲。幸子的老公恒章是大面家的招贅女婿，聽說他在六十好幾時，和家裡傭人外遇生下一個孩子，那就是悠真。比義母年輕十歲的爸爸，當時還擁有生育能力。據說恒章是幸子的第四任老公，不僅如此，幸子所有的結婚對象年紀都比她小，都是招贅進大面家，也全都外遇。四個老公中，似乎只有恒章是因為過世才離開她身邊，其餘三人都是離婚收場。

悠真不清楚詳細情形，是因為過去久能打算說明事情經過時，悠真激烈抗拒，大喊「我不想聽」。

悠真從懂事起就在兒童福利機構中生活，一直住到十三歲。裡面的人總說他「父母不詳」，而他是在滿七歲時才曉得，自己雖然有明確的出生年份，正確日期卻不得而知。他至今一直深信是生日的那一天，原來只是機構收容他的日期。

但是有一天，久能律師突然出現，告訴他「你爸媽是哪兒的誰誰誰」；在毫無心理準備的情況下，也不能怪悠真會抗拒這個話題。

而且久能講的淨是些令人難以消化的內容：他媽媽收了大面家的錢，生下他的同時就拋棄了他，後來又消失蹤影，律師花了十三年才找到這裡……悠真不能接受也是可以預見的。

所以即使久能告訴他「大面家的幸子女士想要領養你，成為你的義母」，悠真也只是興致缺缺地回「啊，是這樣呀」，並沒有心動。他腦中不自覺往壞處推想，認定對方必定是發生了像喪失有血緣關係的繼承者這類關乎己身利益的情況，事到如今才會突然需要利用悠真吧。

不過在仔細聆聽律師的敘述之後，他發現好像不是那麼一回事。關於悠真的身世，雖說他本人拒絕聽，但久能的描述也十分簡單扼要。至於在大面家中生活的「哥哥」和「姊姊」，久能則打算詳盡告知。律師似乎認為先了解這些資訊，能讓悠真投靠大面家的日子比較好過。儘管如此，他並非是擔憂悠真的將來，只不過是按照幸子的旨意奉命行事罷了。悠真在談話中逐漸察覺這一點。

但這種事根本無所謂。因為久能口中描述的哥哥姊姊們的遭遇，實在是太令人難以置信了，滿滿地占據了悠真的腦海。

「幸子女士和她先生之間一個孩子都沒有。」

久能劈頭就挑明這點，又接著說出爆炸性的發言——

「不過你總共有七位沒有血緣的兄姊。」

但是悠真無法立刻理解這句話的意思，是在聽了說明後才驚愕地張大嘴巴。

「那些人的爸媽是……？」

他心想不會這麼誇張吧，忍不住開口詢問久能。

「父親是幸子女士的四位先生，母親則都是其他女性。」

傳入耳裡的，正是自己剛剛難以接受的推測，悠真目瞪口呆，一句話也說不出來。

「四位先生，該怎麼說呢……精力相當充沛。」

久能的語氣一直沉穩果斷，講到這裡才初次顯得紊亂。他對幸子有幾分畏懼，但卻相當看不起她那幾個老公，根本沒放在眼裡。悠真瞬間捕捉到了律師的心理。

這就是大面家女兒和入贅女婿之間的差別嗎？

兩者立場落差之大，就連還是國中生的悠真都能了解，而久能的態度也清楚展現了這一點。

不，可能不僅如此……

就算那幾個男人好色不檢點，如果工作能力出色，成為大面家不可或缺的重要戰力，久能肯定也會認同他們。先不論個人好惡，只要律師認可這個入贅女婿能成為大面家的助力，態度想必也會隨之轉變。

但這四人都只是純粹的好色之徒，除此之外一無所長。

這四人中也包含了悠真的親生父親，但他對此毫無感覺。

從年幼到十歲左右，他有好幾次離開機構當別人養子的經驗。但是他的養父母老是會遇上問題，每次總把他又送回原來的機構。

「為什麼就只有這個孩子……」

悠真曾偶然聽見有位員工語帶同情地喃喃低語，那句話也正是他想問的。即使所有人都告訴他原因出在領養的夫妻身上，他的內心仍是充滿不安，忍不住懷疑該不會是自己不好吧？要等到上國中之後，他才終於能夠擺脫這些疑慮。

回頭去想，就會發現當初那些養父母都有點奇怪。

他變得能夠冷靜分析，甚至還認為自己獲得了寶貴的經驗。或許也是出於這個緣故，他雖然年紀尚小，卻多少能夠了解幾分大面幸子和恒章之間扭曲的關係。

「幸子女士有交代，只要你同意，就立刻將所有手續辦好。」

久能再度逼他做出選擇後，悠真下定決心要成為大面家的孩子。其中有三個理由。

第一點原因是，嚴苛的現實層面考量。義務教育結束之後，他就必須離開福利機構自力謀生，雖然並非完全無法獲得援助，但生活絕對不輕鬆。不過只要進了大面家，不要說高中，就連念大學也不再是遙不可及的夢了。

第二點是，恒章已經過世了。從久能的話中聽來，恒章絕非他會想認識的人，可他又是自己的親生父親……這般複雜的心境肯定會縈繞不去。但既然他已經不在這個世界上，就不需要再為此煩惱。

第三點是，和自己擁有相同身世的異母兄姊有七人之多。當然他並不認為這是理想的生活環境，只是比起全家都是幸子的親生兒女，只有自己寄人籬下的情況，現在這樣實在是好上太多。

悠真就這樣加入了大面家。等他實際開始在裡頭生活後，又發現更令人吃驚的事——住在同一個屋簷下的五位叔叔和阿姨，居然全都是幸子的異母弟妹。

幸子的媽媽同樣身為大面家的女兒，老公自然也是招贅進來的女婿，而他和恒章一樣好色不檢點，在外面生了好幾個小孩。現在住在大面家的五位叔叔阿姨，就是當時被接回來家裡生活的。據說過去也曾有人忍不住猜想……連她女兒幸子都遇上幾乎一模一樣的難堪情況，或許其中存在著什麼業力吧？

要說這對母女有哪裡不同，就是幸子的媽媽生下了她，但她自己卻沒有生孩子這一點。因此現在的大面家中，沒有任何一個人和幸子緣於相同血脈。

我來到一個不得了的家族了。

站在悠真的立場，某個層面上這個環境也能說是有利，讓他不會感到只有自己是多餘的局外人。話雖如此，家族成員的組成仍舊相當不尋常，一想到今後就要在這種家裡生活，他不禁有些害怕。

久能律師雖然告訴他有關異母兄姊的事，卻隱瞞了毫無血緣關係的叔叔阿姨的存在。律師想必是擔心透露這點後，悠真會打消念頭吧。真是個不能掉以輕心的傢伙。

話說回來，那個老太婆到底是在打什麼主意呀？

對於幸子，幾位叔叔阿姨都喚她「幸子大姊」，那些異母兄姊則稱呼她「義母」，因此悠真也決定叫她「義母」，不過內心總是暗自嘟囔「那個老太婆」。

她會和自己的異母弟妹住在一塊兒，這點還不難理解，就算本人不情願，肯定也無法違抗自己媽媽，而她爸爸可能也占了些許原因。可是，收養三位前夫以及恒章跟其他女人生的小孩，毫無疑問是出於她自身的意願。

明明是自己先生因外遇而生下來的小孩……

而且還不是只有一個，加上悠真總共就有八人了。雖然曾經想過或許她是慈悲為懷，但聽說幸子作為領導好幾家企業的大面集團統帥，有個跟她多年的外號叫作「冰女」，意指她是個宛如一塊寒冰般冷酷固執的女人。她身上根本找不出半點慈善家的特質。

只是，在大面家的某天，悠真得知了彌勒山墓地的存在，還有那裡供養著許多毫無關係的亡者。傳聞山頂一帶全是墓場，除了最裡頭的祠堂周遭以外，其他土地上林立著數不清的外人墓碑。

告訴自己這件事的，是異母兄姊中還在讀大學——不過目前休學中——的啓太。這個異母哥哥和悠真年紀最為相近，會悄悄告訴他大面家的種種「祕辛」。

那個老太婆果然是個大好人嗎？

悠真對幸子的評價正要改觀時，啓太似乎看穿他的想法，臉上浮現不懷好意的淺笑。

「問題是她為何要收集那些無人供養的孤魂野鬼咧？」

「這是什麼意思？」

那句話令人渾身不舒服，悠真追問其中含意，但啓太只是面露意味深長的笑容，不肯回答。

話說回來，悠真認為這個沒有血緣關係的哥哥之所以會告訴自己眾多消息，肯定不是出於善意，感覺像是藉由透露大面家的祕密，從他的反應中找樂子。啓太也絕不會將重要的祕密一口氣全盤托出，每次都只講一點皮毛，享受捉弄他的快感，在背後嘲笑他。啓太的態度給人這種感覺。

不過性格特殊的並非只有啓太，叔叔阿姨和其他異母兄姊中還有許多奇人異士，所以悠真剛搬進來時非常擔心。但是才住不到一個星期，他就發現是自己多慮了。

因為每個人都刻意和悠真保持距離。

他一開始以為這是對新成員的下馬威，但似乎是猜錯了。仔細觀察之後，他注意到所有人都和其他人相互保持著一定的距離。換句話說，就是沒有和誰特別要好，也沒有與誰交惡。每個人都刻意和住在一塊兒的親人，保持著奇妙的——或說絕妙的——距離感。

這不是「家人」間該有的氣氛吧。

就連不太清楚正常家庭該長什麼模樣的悠真都能強烈感覺到，雖然大面家光看人數像個大家族，但說到底不過就是一群互不相干的陌生人。每天三餐也很難見到全員到齊，都是各自按照自己喜歡的時間吃飯。若要追究背後原因，可能是大家都想避免和其他家人一起吃飯吧。

即使如此，既然身為人類就免不了相互來往。在那些親人中，還有別人也像啓太那般，和悠真建立了某種關係。

最年輕的阿姨初香——不過也快五十了——打算不經意地關照他。而最年長的哥哥將司——這位則是四十出頭——擺明了就是討厭他。

不過兩人似乎都沒有特殊理由。硬要擠出一個原因的話，沒有結婚的初香可能是受到母性本能的驅使，而人近中年才進入大面家的將司，看起來是忌妒悠真才念國中就能被領養的好運氣。

但悠真過去在養父母家甚至曾經遭受虐待，所以現在就算將司討厭他、啓太嘲笑他，他也根本不痛不癢。原本他對詭異的家族組成感到有些畏怯，不過開始一起生活後，幾乎沒什麼不自在的。

而且進到大面家後，有件事讓他幸福地有如置身天堂，那就是擁有自己專屬的房間。在福利機構裡，通常都是好幾個人擠一間，根本沒有獨處的時間，這對正值青春期的悠真來說，相當難以忍受。現在終於獲得自己的房間，他高興得不得了。在這份欣喜之情面前，就算異母兄姊欺負他，他肯定也不會在意。不如就乾脆將自己關在房裡，盡情享受專屬於自己的空間。

對悠真來說如夢境般美好的生活持續了快要一年。雖然需要轉學，但是作為大面家的小孩開始新生活，反而可說是相當有利。實際上，在當地學校裡，只要說自己是大面家的人，無論老師同學都會另眼相待。

不過就在他被領養的一年後，幸子過世了。從年齡來看是壽終正寢，集團中的各家企業都有她看重的優秀經營者，因此大面家的人應該不需要操任何心。

……但是這個情況，只維持到久能在家屬們面前公開幸子的離奇遺囑之前。

都是因為那令人費解的遺言，悠真才會被迫進行這種像是試膽大會的冒險活動。

二 遺言

悠真在滿是白雪的參道上走了一會兒，眼前出現一道低矮石階。他爬上去之後，發現上頭什麼也沒有，立刻接著往下的階梯。似乎只是前人順著參道隆起的地方築了石階。

他走下階梯後回頭一望，已經看不到剛剛那座前之橋了，當然也看不見久能的車子。

明明才走沒多遠，就感覺像是已經走進深山，現在想要回頭，似乎已經太遲了。

不過，其實還來得及反悔吧。

這個念頭讓他停下腳步，但悠真心裡也十分明白，這件事根本毫無商量餘地。因為他的抉擇將會完全扭轉幸子遺產的分配方式。更何況，還有第一封遺囑中那超乎常理的注意事項。

久能律師表示，幸子準備了兩封遺書。在大面集團主辦的盛大公祭之外，另有一場僅由親屬參加的喪禮，結束之後，久能在齊聚大廳的眾人面前，宣讀了第一封遺囑。

根據遺囑的內容，大面家的家族成員將與以往相同按月領取「薪水」。除了仍是學生身分的啓太和悠真，其實所有人都算是大面集團旗下企業的「掛名員工」。說掛名是因為他們光有職稱，但沒有任何人真的在工作。一般多半會讓親戚在相關企業中掛名董事，不過幸子給他們安排的頂多是員工等級的待遇。然而，不用工作就有錢拿，再沒有比這更輕鬆的好差事了。簡而言之，她是以薪水這個名目，每個月發給全家人零用錢。

第一封遺囑保證這份金錢援助將會供應一輩子，所有人聽到這句話都不自覺地鬆了一口氣。這反應十分合理，不過究竟誰能料想得到，那股安心感立刻就轉變成怨聲載道。

遺囑中載明的內容就只有以上這些。

大面家的龐大遺產、豪宅和土地，居然都將交由大面集團管理，但似乎並非藉由繼承或贈與的形式，這類法律層面的複雜說明，只讓人聽得一頭霧水。總之現在能肯定的只有一件事，家族裡沒人有權利動這些遺產。

這老太婆也真行。

眾人大失所望，或怒吼，或哀嚎，現場吵成一片，只有悠真仍舊保持平常心。他覺得光是每個月能領薪水就已經夠讓人感激的了。而且遺囑都保證會一路付到老死為止了，到底還有什麼好抱怨的。但他也不是不能了解其他人的想法。就算與所有人平分之後，那筆遺產還是坐領乾薪的好幾千倍，而那份高額遺產一口氣落進自己口袋的可能性原本並非為零。想必其中也有人早就暗自盼望幸子過世的那一天趕快到來，結果沒想到卻是等來這般局面。

現場陷入一陣騷動，眾人大聲喧嘩。平常不輕易將情緒表現在臉上的親戚們，現在都醜態畢露。一扯到錢，人居然可以變這麼多……

悠真絕非對遺產毫無興趣。只是他總無法打從心底相信，自己真是龐大遺產繼承者之一。

這場騷動眼看就要一發不可收拾，然而久能語氣平淡的一句話，立刻就使全場靜默。

「遺囑最後有一條非常重要的追加事項。」

所有人都用力地吞了吞口水，屏息等待律師的下一句話。

「只要在幸子女士的頭七結束前，去彌勒山大面家墓地中的祠堂進行戒壇巡禮，找出第二封遺囑，那麼第一封，也就是今天我在這裡宣讀的遺囑內容就全部作廢。」

聽到完全出乎意料的發言，每個人都露出一臉迷惑的神情。

「這是什麼意思？」

率先開口詢問的是看似六十歲上下的叔叔安正。

幸子過世後，他就成了這一家中最年長的成員。因此過去他常癡心妄想，自己說不定有機會成為大面家的接班人。當然他從不曾將這個想法說出口，但幾乎所有人都早從他平日的言行舉止看穿這份奢望。

就連才進大面家不滿一年的悠真，也十分清楚幸子那個厲害角色，絕無可能做出這種愚蠢的決定。她對於自己的異母弟妹或養子女們，恐怕沒有抱著一絲一毫的期待，反而可能在心中給予極低的評價。安正卻連這點都搞不懂，只能說他十足是個不知世事的大少爺。不過是個年老力衰的老少爺就是了。

其他人多少也都算是在溫室裡長大的。從小就開始接受大面家的援助，成長過程中從不曾因缺錢而受苦，然後在適當時機進到大面家，從此過上無憂無慮的生活。似乎只有大學休學中的啓太略有不同，其他人則都差不了多少。

但情況一牽扯到幸子的遺產，每個人依舊立刻眼神大變。金錢的力量果然不容小覷。

「意思就是我剛才說的那樣。」

與興奮難耐的安正相比，久能回答的語氣中不帶一絲情緒。

「不，我不是問這個——」

安正無法流暢表達自己心中的疑問，顯得十分焦躁。這時，啓太乾脆插話進兩人之間——

「第二封遺囑的內容，會比第一封遺囑對我們更有利嗎？」

這一瞬間，在場許多人都倒抽了一口氣。安正立刻附和：

「對，我剛剛也是想問這個。」

在所有人的注視之下，久能明確地點了點頭。

「可說是天壤之別。」

「你、你指的，當然是第二封遺囑比第一封對我們更有利吧？沒錯吧？」

安正發問後，律師再次點頭。接著他開口要求：

「告訴我們遺囑的內容。」

不過久能搖搖頭拒絕。

「我能講的只有這麼多。」

「你說什麼這麼多，你剛剛根本什麼都沒講不是嗎？再多一點、那個、該怎麼說……」

安正的語氣相當不滿，但根本講不出個具體抗議，內容含糊不清。果然是位年老力衰的老少爺。

「九能先生是律師吧？」

「而且還是這個家的顧問律師。」

同時插話的是年紀約在二十七、八歲左右的異母姊姊真理亞，還有看起來五十多歲的真理子阿姨。

這兩人不僅名字雷同，強硬的個性也極為相像。就連真理亞有幼保證照，真理子有護士執照這點上，兩人也莫名相仿。從各自性格來考量，兩人看似易起衝突，但出人意料地互有好感，但她們的關係仍舊無法說是感情好。就是比起家裡其他人再更親近一些，有點不可思議的交情。

現在也是因為兩人目標一致，自然同仇敵愾。

「對呀，你可是顧問律師耶，有義務要好好跟我們解釋第二封遺囑的內容。」

「嗯，沒錯。不管怎麼說，我們可是幸子大姊的遺產繼承者。你對我們應該有責任。」

「我剛剛想講的也是這些。」

安正趕緊趁機附和兩人的話。不過她們完全無視他的存在，只是牢牢地盯著律師。

「恕難從命。」

真理亞和真理子正打算繼續抗議時——

「我雖然是大面家的顧問律師，但在那之前，我更是幸子女士的私人律師。現在我最該尊重的，是幸子女士的遺志。」

他清楚表明自己的立場。

「可是義母她已經不在了喔。」

「就算你是她的律師，現在她人都已經死了，還有必要這麼聽她的話嗎？」

兩人接連說出荒腔走板的發言。就連還只是國中生的悠真，都能明白久能的話才合乎情理。

「喂，博典。」

安正不知何時已經挪到外甥旁邊，向他低聲詢問：

「你有從律師那邊聽到什麼嗎？」

博典的興趣是變魔術，意外的是久能似乎也熱衷此道，兩人還算熟稔。他對於自己能和這位律師建立友好關係也大感意外，但興趣相同果然能快速拉近人與人之間的關係。

所以安正問他時內心也抱著期待，然而……

「沒、沒什麼特別的……」

平日寡言的博典露出困擾的神色，慌忙地搖了搖頭。

「你這沒用的傢伙，在緊要關頭根本派不上用場。」

眼見安正不停抱怨，而真理亞和真理子兩個人也還不肯放過久能律師，啓太認為任情況繼續惡化對誰都沒好處，遂開口提了個實際的方案。

「與其現在在這邊講這些，不如盡早去拿第二封遺囑比較重要啦。」

「喔，也對。」

不只安正，每個人都一副現在馬上就要出發的氣勢。就連華音和莉音這對外貌宛如雙胞胎、平常存在感十分薄弱的異母姊妹，以及跟博典同樣沉默寡言、渴望成為作家的太津朗叔叔，還有總是獨自照料庭院的早百合阿姨也都不例外。

可是，久能接著發表了一個奇特的條件。能去取回第二封遺囑的，只有悠真一個人。

「為什麼是悠真？其他人就不行嗎？」

「大家一起去的話會怎麼樣？」

「這麼重要的工作，怎麼可以交給一個國中生。」

安正、真理子和真理亞接連提出質疑，但久能開始說明注意事項後，三人自然安靜下來。

悠真必須在幸子的頭七之前獨自前往墓地，且須等到過了午夜十二點之後才能踏進去。他身上除了一把鑰匙，不能攜帶其他任何東西，包括手電筒和打火機這類照明用具、與外界聯繫用的手機，以及會發出聲音的音樂播放器或掌上型遊戲機等物品。只要一走過前之橋，就絕對不能再往回走。如果他在祠堂進行戒壇巡禮時沒辦法找到第二封遺囑，第一封遺囑就擁有法律上的效力。

悠真回過神來，發現大面家所有人的視線都牢牢盯在他身上。

「……怎、怎麼了？」

「你會去吧？」安正問他的神情極為嚴肅，十分嚇人。

「沒有啦，你會幫我們跑這一趟吧？」下一瞬間，他又突然堆出和善的笑臉：「這對你來說也是有好處，沒有理由不去拿第二封遺囑吧？」

「可是……」

「怎樣？有什麼問題？」

「那可是叫我一個人半夜去墓地耶。」

「那又沒什麼大不了。是啦，大概是會有點可怕啦，但是就忍耐一下子而已呀。只要撐過那短短幾十分鐘，就可以得到一大筆錢喔。聽好了，你一定要好好考慮。雖然我們叫那裡作墓地，但其實——」

安正費盡唇舌想讓悠真理解，去拿第二封遺囑只是件輕而易舉的差事，而且藉此獲得的遺產將有多麼龐大。可是悠真對於第一封遺囑中，單單指名自己的那一條追加事項，總感到十分畏懼。

為什麼是自己呢？

無論怎麼想都想不透，所以令人害怕。他的直覺正悄悄低語著說：不能接下這種任務。

「那座山的墓地，和一般的墓場不同喔。」

將司似乎看穿了悠真的猶豫，突然意味深長地說：

「就算白天我也不想去那種鬼地方。」

「閉嘴。你少多話。」

安正立刻小聲喝斥他。

「還是說怎樣，你一塊錢都不想要了嗎？」

「誰、誰有這樣說……」

將司慌忙壓低聲音回話。不過兩人的交談內容，悠真可是聽得一清二楚。

「我曉得第二封遺囑相當重要。」

總是十分關心悠真的初香阿姨，語帶遲疑地開口。

「但是，讓一個小孩子自己獨自半夜去墓地……你們打算讓這孩子做這麼危險的事嗎？」

「雖然妳說他是小孩，但他已經是國中生了喔。」

「還該把他當小朋友看嗎？」

真理亞和真理子立刻抓緊機會，出聲反駁。

「他還在接受義務教育的年齡。」

初香直接頂了回去，旁邊的啓太開口詢問律師：

「如果有人代替悠真，或是我們全部人一起去拿第二封遺囑，會變成怎麼樣？」

「作廢。」

久能的回答簡潔有力，不過啓太沒有因此打退堂鼓。

「話雖如此，義母已經過世了。你身為大面家的顧問律師，考慮到將來的事——」

「身為這個家的顧問律師，我最應該遵照的是幸子女士的遺志。所以，關於第二封遺囑的事，我打算負起責任，監督到最後。」

久能對著啓太再度清楚闡明自身立場。他的言下之意似乎是，最要緊的只有幸子的遺言，其他家人有什麼想法都不在考慮範圍之中。

將司原本靜靜聽著兩人交談，此時朝著初香阿姨說：

「雖然說他還未成年，但也不是小學生了，這麼簡單的事三兩下就能解決了吧。最重要的是，我們要知道義母她的遺言是什麼。」

「關於這點我也是這樣想，可是……」

「這樣的話，就一起拜託悠真呀。還是說他該不會長到這麼大了，還會怕半夜裡的墓地吧。」

他的後半句是衝著悠真說的，充滿不懷好意的嘲諷語氣。將司想必是預期悠真會像一般青春期男生，衝動地反駁說「我才不怕」。

但悠真的回答出乎他的預料。

「嗯，我怕。所以我不想去。」

接下來幾天，眾人分別用自己的方式，日夜不停地試圖說服他接受這項特殊任務。就連初香在明瞭絕對不容許別人代替悠真完成任務後，也開始加入懇求的行列。

但是她勸說的方式，和淨是強調遺產有多麼龐大的其他人略有不同。

「幸子姊姊之所以會選擇你擔任這個重責大任，一定是因為你長得很像恒章年輕時的樣子。」

初香言下之意似乎是在暗示，悠真應該要回應幸子的這份心意。

該說她是有點脫線嗎？初香平常想要照顧悠真時，就經常弄巧成拙。她雖然沒有惡意，可是因此遭殃的自然總是悠真。

開什麼玩笑。

悠真在內心暗罵，但他沒有說出口，表情也毫無改變。

那種自以為是的情感，跟自己根本沒有半點關係吧。更何況，就算說悠真長得像那個一次也不曾來看過自己的生父年輕時的模樣，他也一點都不覺得高興，甚至覺得非常厭惡。

但他也無法老是嚴詞拒絕。眾人輪番交替，無時無刻都有人試圖說服悠真。有時是兩、三個人一起勸說，多的時候會同時有六、七個人將他團團圍住，一個勁地厲聲要求他，或是使出懷柔政策。

就連平常話不多的博典和太津朗、內向退縮的早百合，還有存在感薄弱的華音和莉音這對姊妹也加入說服的行列，讓悠真大感詫異。

順帶一提，華音和莉音平日幾乎只跟對方交談，就算偶爾主動找第三個人搭話，也總是由姊姊華音開口，妹妹莉音絕對不會出頭，可是這次居然是兩人一起圍攻悠真，可見只要一扯到錢，人類就會性情大變。

話說回來，悠真至今從來沒見過大面家的人這麼團結。平時眾人與其說各自獨立，感覺更像是一座座孤島般。而這次竟然因為第二封遺囑，促使所有人齊心協力地站在同一條船上。

但悠真可是孤身一人呀。

他究竟能夠撐到何時呢？情況岌岌可危。而且說實話，悠真也感到好奇。為什麼幸子要特地留下第二封遺囑呢？上頭究竟寫了些什麼呢？

最後，在頭七的前一天夜晚，悠真還是坐上了久能律師的車，朝著彌勒山上大面家的墓地前進。

因此情況勉強可算是經過他本人同意，並非有人強行押著他去的。不過一旦他實際踏足這塊土地，開始一步步在參道上前進，原先的認知都消散得無影無蹤。

還是不該來的。

就算能獲得龐大遺產，但要是今晚在此地的遭遇，會讓自己一輩子受盡折磨……要是往後的人生，都將無止盡地受到這份駭人記憶糾纏……明明什麼事都還沒發生，明明也沒有一定會發生，他卻已經滿心後悔。這實在是相當奇異的情況。

但是……

一股無法全身而退的預感猛烈襲上心頭，簡直就像能夠預料今晚即將碰上的恐怖經歷似的。

白雪覆蓋了周遭的大片景色，雖然積雪尚淺，但雪量多到足以掩埋住所有東西。光是眼前白茫茫一片的景象就已經讓悠真感到不安，在石燈籠的光暈中微微發亮的銀白世界，雖帶有幻想的氣氛，同時也令人感到心底發顫。他忍不住在心中想像，雪下其實埋著不得了的東西，可能下一秒就會突然彈出他的眼前。

說到積雪下埋著的東西，還有參道兩旁成排無人供養的眾多墓碑。只是相當奇妙，即使墓碑上頭覆滿白雪，依然能夠辨認出形狀個個不同。

現代墓碑外形琳瑯滿目，除了一般的角柱型墓碑，還有五輪塔、寶篋印式塔、佛像碑、板碑、箱型與上圓下方等造型。

悠真當然對日本的喪葬史演變毫無所知，但他立刻起疑，只不過是供養孤魂，有必要使用這麼多種墓碑嗎？這瞬間，啓太曾經意味深長說過的那一句話，突然清晰地躍入腦海。

她為何要收集那些無人供養的孤魂野鬼咧……？

他用的是「收集」這個奇怪的表現方式。從那語氣和用詞看來，他似乎是在暗諷幸子絕非因為心懷慈悲才供養這些孤魂。

那麼，究竟是為了什麼？

貫穿大面家墓地的參道兩旁，遍地都是無人供養的亡者墓碑，為什麼幸子要收集這些呢……？

悠真突然全身一震。因為他再度想到，自己正在走的這條積雪參道兩旁，有無數死者聚集在此。

他並不相信幽靈的存在。平常他喜歡閱讀推理小說，反倒算是理性思考的族群。只是一個人走在半夜的深山中，會害怕也是再正常不過的吧？

他半是豁出去地繼續前進，但內心的恐懼自然沒有因此就消失，反而因為意識到自己身處情境的駭人程度，心中又多了幾分憂慮。

剛剛飄下的鬆軟新雪在眼前開展，潔白雪面上只有他的鞋印。他回頭一望，看見那些足跡如虛線般點狀延伸。那的確是他留下的鞋印，絕無疑問。然而，他望著自己的足跡越久，就越覺得似乎有誰在後頭尾隨自己。

不，不是誰，是什麼東西……

啓太的話又浮現腦海。他提供的那些關於大面家或幸子的資訊，雖然幫助很大，但有時候他也不清楚詳情，很多內容顯得支離破碎，其實讓人相當困擾。不過就只有這個傳聞實在不能怪他，因為就連家人和僕人，也完全沒有人知道任何一點消息……

那令人毛骨悚然的傳聞就是，聽說幸子曾在好幾十年前暗地前往某個和彌勒教有關的地點，從那裡將某個東西帶回大面家……那個地點是哪裡？在那裡有什麼？她到底帶了什麼回來？關鍵資訊都沒有人曉得，唯一能夠肯定的只有，她的動機是為了利用那個東西，來進行從以前就相當熱衷的占卜。眾人私底下流傳，當她在工作上需要作出重大決策時，經常會依賴占卜的力量。而且聽說占卜結果相當準確。

實際上，在大面家境內一角，還留著一座過去稱為「占卜之塔」的奇特建築。一樓和二樓分別是「水晶閣」和「塔羅屋」，擁有半圓形屋頂的三樓則為「天球室」，每層樓執行的占卜方式都正如其名。順帶一提，三樓是占星術的空間。

暗地裡也有人在傳……她在地下室裡執行與不老不死、煉金術有關的詭異黑魔法，但不曉得這說法有幾分真實性。不過似乎所有人都認為，幸子確實很有可能做出這種事。聽說她甚至曾經有陣子，老在屋內穿著一件連著帽兜的漆黑大衣，看起來簡直就像個魔女。

眾人認為幸子應該是為了提升占卜效果，而從某個地方帶回了某件東西，不過無論家人或僕人，都不曾有人在家中親眼看過那個東西。儘管如此，駭人流言還是在大面家中不脛而走。

太太回來時明明確實是一個人，可是總覺得有某個東西跟著……我看到有奇異的影子閃進幸子大姊的房裡……義母經過走廊時，身後有東西輕飄飄地跟著……我看到有個全黑的東西上了樓梯，膽戰心驚地跟上去瞧瞧，就聞到一股令人作嘔的惡臭……

這些親身經歷迅速傳開，但沒有人膽敢當面詢問幸子。大家都怕她。而且老實說，所有人都強烈感到……千萬不要和那個不知名的東西扯上關係。

不曉得從何時起，眾人開始用「幸子大姊的貴客」或「義母的黑色跟班」來稱呼那個存在，但沒多久就固定成「影子」這個簡潔的叫法。或許是由於所有人都認同這個形容最為適合吧。

只有一個人堅決否認這個影子的存在，那就是花守管家。她和幸子只差了兩、三歲，在幸子過世後仍舊精力充沛地打理這個家。如同她的職稱，她從以前就掌管大面家宅邸的各種大小事，另一方面，她也負責一些類似幸子私人祕書的工作。

「這個宅邸裡沒有那種來歷不明的東西。」

既然花守都這樣說了，沒有人能反駁她。但所有人都深信她肯定知道那道影子的真面目。

不可思議的是，幸子過世後，那道影子的氣息就突然不見了。毫無預兆地消失蹤跡。

關於這件事，和悠真同輩的姊姊美咲紀有個令人渾身不舒服的解釋。順帶一提，她是全家人中唯一對幸子的占卜有興趣的。她過去似乎還想從旁協助，不過悠真也聽過她埋怨「義母不答應我」。

美咲紀在喪禮隔天，做出以下發言。

「那個老是跟著義母的影子，一定是早早就和她的魂魄一起跑到彌勒山墓地上去了啦。」

但是遺體還沒有下葬，在這種狀態下，真的能當作幸子的魂魄已經去了大面家墓地嗎？至少該等入殮結束後才有可能吧？

啓太當場反駁，美咲紀就回：

「不過這樣一來就能夠說明，那東西為什麼會突然消失了吧？」

當時悠真聽到兩人對話，並沒有多作他想。大家雖然傳得繪聲繪影，但幸子帶回來的那道影子是否真的存在，這點還十分值得商榷。確實，半夜上廁所時曾經感覺到奇異的氣息，但悠真覺得那只是因為大面家實在太大，並沒有特別放在心上。那時候他看到眾人膽怯的模樣，總是暗自苦笑。

不過現在情況就不同了。當然一方面也是因為墓地裡異樣的氣氛幾乎要吞沒他，但悠真更在意的是，幸子第一封遺囑中最後那項追加條款裡的一句話。

只要一走過前之橋，就絕對不能再往回走。

為什麼她會寫入這條規範呢？他得獨自前往墓地，出發時間必須要在午夜十二點過後，身上不能攜帶任何東西，這幾項條件老律師久能都能仔細確認。可是，他在參道上是否有走回頭路，根本沒有人可以來檢查。換句話說，那條規範是直衝著他來的。

為什麼？

一想到這裡，他就不由得強烈在意起美咲紀那句令人忌憚的發言。

那個影子在墓地裡。

所以悠真才會從剛剛開始就感到有東西在跟著自己嗎？那個東西該不會正悄悄地在後面監視他是否有達成任務吧？

他再度驀地全身一震，同時又轉頭朝後望去。但他絕對不會往回走，頂多只是確認後方情況罷了。

什麼都沒有……

視野所及之處就只有潔白的整片雪景，和他在雪面上留下的足跡。

儘管如此，悠真內心湧現了巨大的不安。四周只有白雪這件事讓他莫名感到劇烈恐慌。接著，這時他總算注意到，自從踏進墓地後，周遭連半點聲響都沒有。

四周寂靜無聲。

悠真邁出步伐，腳下傳來踩踏雪地的喀嚓喀嚓聲。但只要他一停下腳步，立刻就會被無邊無際的靜謐所擄獲。駭人靜默籠罩了周遭，現在在這座山頂活動的生物，搞不好就只有他一個吧？

當初他剛進大面家時，因為晚上實在太安靜了，他有好一陣子都睡不著覺。在兒童福利機構的日子，夜裡總能聽見鼾聲、夢話或磨牙聲，但大面家一點聲響都沒有，讓他很害怕。

偏偏在這一刻，他的內心浮現了和當時一模一樣的戰慄感受。這一帶悄然寂靜的氣息，讓人心頭發寒。

在大面家的房間裡，自己還可以縮進被窩，但這裡沒有地方可以逃跑，只能不停地往前走。他唯一能做的就只有刻意加重腳步聲，打破這駭人的寂靜。雖然他認為這行為可能對墓地是種冒犯，但只要能攪亂這片靜默，他什麼都願意做。

喀嚓、喀嚓、喀嚓。

他用力踩踏雪地發出的腳步聲立刻響遍四周。即使內心明白自己只是勉強打起精神，也總比坐以待斃來得好。雖然這個方式比普通走路來得費力，但他對自己的體力有信心。他打算就這樣一路走到祠堂。

參道除了曲折蜿蜒，地勢偶有高低起伏幾階石階之外，幾乎沒有任何變化。要是沒有積雪，一路上景色多少會有些改變，應該能作為這趟任務中的小小慰藉。不過現在眼睛所見之處盡是一片雪白，不管多麼努力地向前走，總覺得沒有前進多少，反而幾乎要陷入老是在同一個地方打轉的錯覺。

銀白迷宮。

這裡就只有一條路，根本不可能迷路，但他心中卻浮現了這四個字。這瞬間，悠真不禁在腦海裡描繪起令人膽怯的想像。

該不會只要一踏上前之橋，它就會立刻和終橋頭尾相接。

也就是說，這條路將變成一個封閉的圓。不管怎麼走，都到不了祠堂，他只能在這只有一條路的迷宮中，無止盡地向前邁步。

悠真自己也明白這是毫無根據的幻想，但是這個地方就是有某種氣息，讓人無法停止憂懼，忍不住在心中想像悲慘的結局。

他為了將新的不安拋諸腦後，便更加使勁地一步一步用力踏向雪地。就在這時，好像有什麼聲音響起。

他立刻停下腳步，但是，什麼聲音都沒有。

……我聽錯了嗎？

悠真再度邁開步伐時，好像又聽見了那道聲響，他馬上站定。可是，四周仍舊是一片寂靜無聲。

好奇怪。

這次他改成慢慢走，雖然腳下還是難免發出聲音，但他盡量將腳步聲放低。

……唰咕、唰咕。

後方傳來微弱而奇特的聲響。他回過頭，看見剛剛才經過的那段小丘，聲音似乎是從小丘的另一頭傳來的。

他繼續往前走，同時豎耳傾聽。

……唰咕、唰咕、唰咕、唰咕。

發現那個聲音也在移動，而且怎麼聽都像是正朝這邊接近。

有什麼東西尾隨在他身後。

三 戒壇巡禮

只要悠真停下腳步，後方聲響也就暫歇。然而一旦他開始走，聲音就會再度響起。這個情況不斷反覆發生。

後來他決定面朝後方，倒退走在參道上。好一陣子都沒再聽到任何聲音，但沒多久，那個聲響又開始傳來。

……唰咕、唰咕、唰咕。

不久之後，突然有個黑色的東西從小丘後探出頭來。正爬上石階的那東西看起來像個人影，但絕非人類。然而那東西的真面目是什麼，悠真完全沒有頭緒。

只不過他相當肯定，那應該就是眾人稱作影子的存在了。

在那來歷不明的身影清楚映入眼簾之前，悠真就轉身回到前進方向，開始跑了起來。雖然在雪地上奔跑相當困難，但現在不是抱怨這種事的時候，總之得盡量離那東西越遠越好。

這時，背後的聲響突然改變了。

……唰、唰、唰、唰。

對方顯然加快速度，那種氣勢猛然傳了過來。

怎麼會這樣……

只要他停住腳步，對方肯定也會停下來吧？從至今的規律可以推斷情況應該如此。也就是說，背後的那個東西絕對沒有打算要追上他。

不過……

就算理智上了解，現在他實在沒膽停下腳步。要是站定的瞬間，那東西一口氣逼近該怎麼辦？

悠真使出吃奶的力氣狂奔，眼前又出現了隆起的石階。這已經是第幾個了？差不多也該到中之橋了吧？

他這樣想的瞬間，腳底突然滑了一下。

啊！

他差點大叫出聲，摔倒在雪地上。悠真立刻用右手撐住地面，但右邊側腹還是狠狠撞了上去。不過比起右手肘的疼痛，或許還算輕微。即使身上還穿著大衣，悠真也曉得右手肘肯定受傷了。

然而疼痛只轉移了他幾秒的注意力，他馬上在意起後方的情況。

距離倒臥在積雪參道上的悠真大約三公尺之處，似乎有什麼東西佇立在那裡，氣息雖然微弱，但確實存在。

……呼、呼、呼。

悠真並非實際聽到呼吸聲，但他彷彿看見了這樣的畫面。

雖然外型像個人影但絕非人類的那道影子，宛如普通人般呼吸，而且正低頭俯視著他。它就站在那裡，一直盯著悠真。

只要現在回過頭，大概就會見著這幅光景。但要是真的親眼見到那東西，自己精神上應該會受不了，搞不好還會瘋掉。

悠真慢慢爬起身來，過程中極力避免看到後方，接著緩緩邁開步伐。

……唰咕、唰咕。

幾乎是同時，那個聲音又響起了。那東西就跟在他的身後，雖然保持著一定距離，但絕不會消失……

悠真走上石階又順勢下了小丘後，終於看到中之橋就在前方不遠處。過橋之後，就是大面家族的墓地。

他強忍著右手肘和側腹的疼痛，拚命往中之橋走去。一方面是他已經毫無選擇餘地，另一方面則因為他猜想搞不好只要過了那裡，後面那道影子就不會繼續跟上來。

不過非常遺憾地，他的期待落了空。即使過了中之橋，後方那股令人心底發毛的氣息，絲毫沒有消失的跡象。

這裡不愧是大面家的墓地，豪華巨大的墓碑相當顯眼，即使上頭蓋著白雪也能一目了然。而且居然連靈骨塔都有。大面家歷代當家都是土葬，聽說是幸子將遺骨集中到那間靈骨塔存放的。毫無疑問地，她的遺骨預計也會安置其中。

我不會進到那裡去。

雖然靈骨塔與現在的自己根本無關，但明瞭到這點，悠真還是有些高興。

繼續往下走，總算看見終橋，只要過了這座橋，前面馬上就是祠堂了。祠堂這個詞會讓人在腦海中描繪起西方常見的石材建築，不過出現在眼前的木造建築物左右狹長，稱之為寺廟似乎更為合適。

悠真走上正面的寬幅樓梯時，突然想起一件事。

後面的那個……

他凝神細聽，但沒聽到任何聲音。要是在這裡回頭看，又可能會踩空樓梯摔下去，所以他等爬完樓梯站到木板牆前面時，才小心翼翼地轉過頭。

……什麼也沒有。

那道影子似乎只會跟到終橋的樣子。

悠真鬆了一口氣，差點就要虛脫地往地上一坐，不過他忍住了，因為他想祠堂中應該會比外面暖和許多。

眼前的大片拉門上鎖著堅固的掛鎖。悠真取出久能給他的鑰匙，插進鎖孔中開鎖。

喀嚓。

在一聲悶沉的金屬聲響後，掛鎖開了。

喀啦喀啦喀啦。

他將拉門向旁拉開，祠堂內光線昏暗，深處的祭壇幾乎延伸至左右兩側牆壁，壇面上的彌勒菩薩頓時躍入眼簾。

就連從不曾近距離觀看佛像的悠真，都覺得那尊彌勒菩薩看起來有些異樣。乍看之下他並不明白為什麼，但馬上就發現是因為佛像有股嬌媚之氣。

好豔麗……

明明是佛像，卻透出一股人類女性般的媚豔，讓人在感到神聖莊嚴前，先察覺到凡人般的氣息。

好奇怪。

悠真一開始只是這樣想，但隨著踏入祠堂，一步步接近佛像後，內心漸漸開始發毛。

這真的是佛像嗎？

悠真對彌勒教一無所知，因為當初啓太不曉得為什麼一直不願說太多。從他那副模樣來看，與其說他不清楚彌勒教的相關資訊，感覺更像是避免了解太多，所以悠真也刻意不去追問。

因為這個緣故，他對眼前的佛像沒有能力做任何解釋。他相當清楚這件事，只是，自己明明毫無佛教美術或彌勒教的素養，卻感到這尊佛像明顯不太對勁，這究竟是為什麼呢？

祠堂內的光線來源只有八根從祭壇中央擺到兩側的蠟燭，而且那還不是真的。火焰的部分是人造的，裡面似乎裝著燈泡。這八盞微弱的光源，朦朧地照耀著祭壇和彌勒菩薩，除此之外的地方都籠罩在深濃黑暗中，讓人彷彿置身洞窟一般。原本悠真期待進到裡頭會稍微暖和一點，但或許是因為這奇特的氛圍，祠堂內和外面同樣寒冷。

哼……彌勒嗤笑了一聲。

剛剛那一瞬間看起來像是如此，悠真的上臂立刻爬滿雞皮疙瘩。

是心理作用吧？

都是因為燭火搖晃……他正要如此推想時，卻突然想起那並非真正的火焰，而且電燈絲毫沒有在閃爍，每一個都保持著穩定的亮度。

站在這尊佛像面前，讓人越發覺得害怕。

彌勒菩薩好像仍微微露出嘲笑的表情，悠真強迫自己轉開視線，看向長型祭壇的兩端，發現旁邊各有一個四方形的洞口。久能有事先告訴他，右邊的是祭壇巡禮的入口，左邊則是出口。

戒壇巡禮的戒壇，指的是為了進行佛教授戒而常保結界之處，出家人在此接受授戒後，才能真正成為僧尼。而戒壇巡禮讓一般信徒也能接觸到戒壇。

進行方式通常是在安置佛像本尊的祠堂祭壇旁，設置通往地下的入口和出口，讓信徒能夠走過地底的漆黑走廊。走廊會經過佛像本尊的正下方，那裡的牆壁上會掛上掛鎖，信徒通過時只要觸摸到鎖頭就會有好事降臨。掛鎖和佛像本尊結緣，所以傳聞只要觸碰鎖頭，神明就會在往生之際前來迎接。

但是走廊上連一絲光線都沒有，是真實地漆黑一片，必須用右手摸索牆壁，緩慢前行。儘管如此，還是會有人沒有發現掛鎖，不小心錯過。但是這條走廊是單行道，錯過了就無法再回頭。

不過各處的戒壇巡禮都相當熱門，通常都需要排隊等待入場。因此只要前面的人摸到掛鎖，多半都會告知後方的人「在這裡」。就算有人不小心走過頭，前後的人幾乎也都會好意提醒，讓他停下腳步摸索背後的牆壁。想必其中也有人往回走吧。

這些資訊是久能事先告訴悠真的，不過他也說此地的戒壇巡禮略有不同。確實，入口和出口相隔很遠這點，就已經不同於一般情況了。但最大的差別是，彌勒菩薩正下方擺的不是掛鎖，而是將即身成佛的彌勒教教祖木乃伊，供奉在一個小廟裡。

「所謂即身成佛就是修行者在活著的狀態下，將自己變成木乃伊喔。」

這件事是美咲紀告訴他的。

高僧藉著不食穀物減少體內脂肪，其後進入土中開始斷食。再於三年三個月過後將其挖掘出來，並把已經木乃伊化的肉體製為肉身佛，供奉在寺廟中。

悠真率直地問：「為什麼要做這種事呢？」

「為了能夠大徹大悟呀。」

她理所當然般地回答，但悠真還是完全無法明白，他清楚知曉的只有，第二封遺囑似乎就放在那尊肉身佛正前方。真是一則令人高興不起來的消息。

他一邊回想那段對話，一邊往戒壇巡禮的入口走去，看見地上開了一個方型的大洞。雖然旁邊祭壇上就有燭光亮著，但光線幾乎照不進洞裡，只能勉強看到幾階通往地底的樓梯。

真的是全黑的……

這是悠真打從娘胎以來，初次體驗到真正的黑暗。他至今一次都不曾置身於伸手不見五指的全然漆黑中。

我還是應該帶手電筒來的。

他打從心底感到後悔。如果是小型手電筒，應該可以躲過久能的搜身檢查，就算帶不了手電筒，打火機或火柴也好，只要能發光的東西就行。完全不帶照明用具到如此漆黑的地底下，怎麼想都太瘋狂了。

被逼得走投無路的悠真環顧四周，再次注意到眼前的蠟燭。他伸手想拿下來，但蠟燭穩穩固定在台座上，根本動不了。他也嘗試去拿其他七根蠟燭，但是每根都紋風不動。簡直就像是早就料到他的想法，事先防範好了一樣。

他再次轉頭窺探那個黑不可測的洞口——

「……我不行啦。」

悠真不禁說了喪氣話。

要是像平常的戒壇巡禮一樣前後還有其他人，情況應該大為不同。不過現在這裡只有他一個人，而且這次的戒壇巡禮和原本的巡禮在意義上截然不同，根本就是一場詭異的暗夜行路。

「……煩死了。」

他再度洩氣地埋怨，走回敞開的拉門前。

悠真打算折回汽車那裡，就算到時久能大發雷霆，他也要誠實地告訴律師「我做不到」。倘若律師還是堅持叫他去拿，他就要求帶手電筒。律師如果不答應，他就打定主意絕對不回來這裡。無論久能怎麼威脅利誘或曉以大義，悠真絕對不會屈服。

他下定決心，正打算離開祠堂時，突然愣在原地。

那東西就在終橋的另一頭……

那個像黑色人影的東西，就在終橋另一端蠢蠢欲動著。雖然看不見那東西的眼睛，但感覺上它正盯著這裡瞧。

啊！

悠真突然在心中大叫。

他從祭壇走回拉門，就算違背了幸子遺囑中寫的「絕對不能往回走」這條注意事項嗎？那道影子是因為這樣才出現的嗎？

他嚇到呆站在原地時，那道影子開始搖搖晃晃地過橋，朝悠真逼近。

他慌忙關上拉門，但是眼下根本無處可逃。想要得救恐怕只有一個辦法，就是執行戒壇巡禮，將第二封遺囑拿到手。

他匆忙走到通往地底的入口，那個漆黑無比的大洞，他越看越是害怕。但是再拖拖拉拉下去，那東西就要過來了。

我可不想被那東西逮到。

光是在腦海中想像，在供奉著詭異彌勒菩薩的這個祠堂內，那道影子追上自己的情況，悠真就下意識地踏出第一步。

唧——

木造樓梯發出擠壓聲，差點讓他心生退縮之意，但仍一鼓作氣地直接走到底。

一踏到地面，前方立刻就是石壁。他伸手摸索，發現右邊也有一堵石壁，只能朝左邊走，換言之這就是通往祭壇的方向了。

搞不好出乎意料地簡單。

這條路十分狹窄，又完全看不見任何東西，再加上滿是黴臭味的空氣，一切都讓他十分難受，但只要沿著這條路直直前進，走到祭壇下方，將確定是擺在那尊佛像下面的遺囑拿到手，再繼續直走到底，應該就是上去地面的出口了吧？搞不好這裡的構造並非迴廊式，除去兩座樓梯幾乎就是直線而已，所以入口和出口才會離那麼遠。

但是悠真才走了三、四步，就發現他的推理不堪一擊。他撞到石壁了。地下通道似乎從那裡轉而向左邊延伸，也就是祠堂出入口拉門的方向。

這樣不就遠離祭壇了嗎？

妄想能輕易過關的喜悅只維持了短短幾秒就破滅，悠真發現自己無法掌握地下通道的結構，驀地感到不安。現在他能做的，就只有用右手摸索石壁不停地往前走，而且他的腳步虛浮，步距又小，簡直就像剛學走路的小朋友，實在太丟人了。

地下通道裡頭比墓地更為安靜，他走著走著，一路上刻意壓抑的恐懼逐漸浮上心頭。

完全失去視覺的的恐怖程度，確實遠遠超出他的想像。如果他現在身處的是陽光普照的戶外，周遭也還有別人的話，情況又會如何呢？應該會截然不同吧。他的注意力應該只會放在看不見四周很不方便這一點上。

但在這裡他根本做不到。寬度勉強容納一個成人通過的這條路，給人很大的壓迫感。明明現在看不見應該不會有影響才對，但悠真莫名有種要窒息的感覺。幽閉空間讓他陷入恐懼的深淵，彷彿光是置身於這個地底世界，就會被兩側牆壁壓爛。

才不會有這種事，沒事啦。

悠真拚命鼓勵自己。現在能替他帶來微小安慰的，只有右手扶著的堅固石壁。

但是過沒多久，又一個恐怖念頭突然襲來，不會有東西埋伏在地下通道前面吧？該不會有某個東西正潛伏在這片黑暗之中，耐著性子等待大面家的人來執行祭壇巡禮吧？

……不會啦，怎麼可能有這種事。

此時他腦中浮現了令人發毛的想法。

那座成為肉身佛的木乃伊，不就是等在前方嗎？

要是他從祭壇下的小廟中爬出來，朝著這邊過來……

不可能。

雖然他立刻否定了自己的想像，但其實毫無信心。因為這條地下通道、這間祠堂、這塊墓地和這座山，遍地飄盪著一種即使發生什麼詭異現象也絲毫不足為奇的詭譎氣氛。

也不是只有埋伏在前方這種可能……

他腦中突然閃過其他擔憂。說不定那尊木乃伊是打算先離開小廟，從出口上到祠堂內，再從入口回到地下，跟在他身後。搞不好已經跟過來了。

悠真慌忙回頭，不過自然什麼也看不到。他屏息凝神了一會兒，卻沒有察覺任何氣息。

……只是我在嚇自己。

這一切不過都是內心因為恐懼而編造出來的故事。

狹長通道裡是無止無盡的深濃黑暗，有一種非固體非液體也並非氣體的存在，黏滯密實地填滿每一寸空間，他能切切實實地感覺到這點。而且他之所以會感到沉重的壓迫感和窒息感，或者浮現駭人幻想嚇得自己魂飛魄散，都是因為這片濃密黑暗的緣故。

悠真心中因形形色色的恐怖想像而膽怯，步伐緩慢地向前進，過了許久終於遇到了轉角處。他用手四處摸索，發現地下通道是往右邊彎去，不過才走沒幾步，又再度向右彎。

是要回到祭壇嗎？

從方向上來看是這樣沒錯，搞不好地下通道的設計是從祠堂裡面往門口，再從門口往裡面反覆折返好幾次。若真如此就能確知行經的距離，但在伸手不見五指的黑暗中走路，情況可是完全不同。

那個老太婆，果然相當壞心眼啊。

悠真對幸子湧起一股憤怒，稍稍沖淡了他的恐懼心理。如果她單純只有考量與祭壇的彌勒菩薩結緣，應該會將地道路徑建成簡單的直線。

然而卻蓋成這樣……

他正埋怨時，突然撞上一堵牆。不過這裡到祭壇應該還有一段距離才對，而且前方的路往左邊彎，那裡通往南邊，不是祭壇所在的西邊。

不會吧……

悠真突然想到一個非常恐怖的可能性。

萬一這條地道是做成像迷宮那樣……

如果只有一條路那還沒問題，雖然要走比較久，擔心受怕的時間比較長，但是肯定能走到小廟和出口。然而，如果地下空間真的是座迷宮，那可就大事不妙了。

要是前進方向分岔為兩條，自己該怎麼辦呢？

話說回來，就算路分為兩條悠真也看不見，不可能知道要選擇方向。即使他在黑暗中看得到，也絕無能力判斷該走哪條路。這樣一來，他或許永遠都無法從這個漆黑世界出去了。

……不，不會這樣的。

悠真突然想起小學時看過的冒險小說。

那個故事說，只要用手摸著迷宮裡左邊或右邊的牆面，一直往前走，就必定能走到出口。只是採用這個方法得將迷宮中的所有道路——包括全部的分岔死路——一條不剩地全走過一遍，會花上不少時間。雖然保證能夠脫離難關，但倘若是大型迷宮，就得擔心體力和食物是否足夠。沒有光線的話，又要再算上精神層面的問題。

幸好這裡是祠堂的地板下方，他知道面積約有多大，即便如此，悠真仍希望能盡早離開此地，他抱著近似祈禱般的心情向前走。

漫無頭緒地走著走著，他發現這條地下通道的路徑似乎完全沒有任何規則，每一次轉彎後的路段長短不一。有些地方在彎過轉角後，才走幾步就到了下個轉彎處，但也有些時候需要走一陣子才會碰到轉角。因此悠真完全迷失了方向感，他已經完全搞不清楚自己現在究竟是朝著哪個方向前進了。

只是，他剛剛擔心的那些岔路似乎並不存在。每次走到轉角，他都會在黑暗中四處摸索，檢查附近情況，但發現至今路都只有一條。他應該已經走了相當長一段時間，如果地下通道是座迷宮，早就該出現幾個分岔路口了。

確認此處不是迷宮，悠真鬆了一口氣，但腦中又立刻浮現新的擔憂。

要是在他不留神時已經不小心走過小廟了……

而且萬一他就這樣一路走到出口，就得重頭再來一遍了。還是說走第二趟就算失敗呢？

無論哪個結局他都不樂見。他想要一次就成功。不過問題是，他連自己現在所處的方位都搞不清楚。而且就算能確認自己的所在位置，地下通道的構造如此複雜，大概也沒有什麼用處。只是仍舊可作為一個參考，要是發現自己快走到一半，他就會更加留意。

可是……

雖然他走在毫無岔路的單一通道上，悠真卻覺得自己已經完全迷失了方向。現在他唯一能做的，就只有將全副注意力集中在右手，仔細檢查石壁上是否有任何不尋常之處。除此之外別無他法。

這時，悠真的右手摸到牆壁轉角，身體也自然隨之正要轉彎，但雙腳卻踢上某個堅硬的物體。他用左手摸索確認，發現似乎是石壁，再沿著牆面往上探，摸起來的質感突然改變，從石頭轉成木板。

他慌忙伸手觸摸周遭，明白自己似乎是終於走到彌勒菩薩正下方的小廟了。右邊牆壁的上半部似乎有一個巨大的凹陷，小廟肯定就在裡頭。

「太好了……」

平安無事抵達目的地，悠真喜不自勝地脫口而出。接下來，只要用手在黑暗中找出第二封遺囑就好了。

他打算從右側石壁凹陷的地方，慎重而緩慢地一寸寸用手探尋，但立刻又感到遲疑。

要是不小心摸到那尊木乃伊該怎麼辦……

光是想像那是什麼樣的觸感，就讓他略微伸出的右手臂爬滿雞皮疙瘩，明明根本還沒有碰到，他就想要洗手了。接著，他似乎隱約嗅到有異臭飄來，那不是地下通道空氣不流通的黴臭味，而是截然不同的，像是非常靠近的地方有東西散發出油膩味那般。

木乃伊的……

他一想到這裡，又立刻搖搖頭。

這尊木乃伊如果是像美咲紀說明的肉身佛，反而該是相當乾燥才對吧。要是能發出這種異臭，早就應該腐爛了。更何況教祖的肉身佛怎麼可能毫無保護地暴露在外頭，即使是供奉在祠堂中，外面也會設一層玻璃隔著，費盡心力保存才對。為了不讓別人輕易開啟門扉，應該至少有上掛鎖吧。

……是心理作用啦。

都是因為想到附近就有個木乃伊，才會聞到根本不存在的臭味。那尊木乃伊肯定好好地保存在小廟中，就算想摸也絕對摸不到的。

悠真拚命說服自己。都已經走到這兒了，絕對不能在最後關頭逃走，一定要帶著遺囑回去。

他再次將右手伸向石壁，從右側牆壁凹陷之處開始慢慢地摸索，並用左手觸碰腰側附近的石壁，就這樣朝著原本的移動方向，一點一滴地向左挪移。

一開始是右手碰到了像是木壇的東西，接著又摸到似乎是小廟右側的部分，再來手指觸及了應該是格子門扉的物體，所以他集中精神搜索那下方。因為他認為，第二份遺囑如果要找個地方放，肯定是擺在小廟的正前方。

但是無論他怎麼四處摸索，都沒找到任何東西。半途他就開始用雙手同時搜尋，仍舊只有摸到燭台、香爐和花瓶這類禮佛用具，沒有發現其他物品。

接著他膽戰心驚地朝著小廟門扉伸出手，果然如他所料地上了掛鎖。久能只有給他一把鑰匙，換言之，遺囑不在小廟裡面。

悠真努力搜索小廟兩側、屋頂上，還有內側，把每個他手伸得到的地方都摸了一遍，還是找不著。接著他連牆壁凹洞和小廟間的空隙都伸手去搜尋，把他想得到的每個角落都摸過了。

「……沒有。」

能找的地方都徹底找過了，也找了這麼久，還是沒有任何收穫。

那個老太婆該不會——

只是在跟我們開玩笑吧？就在悠真開始懷疑這點的瞬間。

骨碌骨碌骨碌。

突然傳來了悶沉的聲響，聽起來像是從很遠的地方傳過來的，不過他總覺得這聲音似曾相識。

這是什麼聲音？

他豎耳傾聽，那個聲音卻完全靜止了。但沒過多久——

……嘟叩、嘟叩、嘟叩。

又出現了新的聲響，聽起來簡直像是有什麼東西在祠堂地板上行走的聲音。

咦……？

悠真驀地全身僵硬。

……嘟叩、嘟叩、嘟叩、嘟叩、喞、喞、喞。

過了一會兒，那聲響又改變了。這次聽起來就像是有什麼東西正從戒壇巡禮的入口階梯走下來。

那個黑影……

追上來了嗎？悠真不敢置信，但是此刻他終於注意到一件事。

為了尋找那份遺囑，他在小廟的所在處前面來來回回走了好幾次。這該不會是違背了遺囑中那條叫他絕對不准往回走的注意事項了吧？他以為進到祠堂後就能安心，這個判斷或許只對了一半。在設有祭壇的地板上雖然沒有問題，但是現在所處的地板下就不同了，這條地下通道可也是一條貨真價實的參道。

……喞、喞、喞、叩嘟、叩嘟。

就在他思緒翻騰之際，那東西進到地下通道來了。

……叩嘟、叩嘟、叩嘟。

那東西雖然腳步緩慢，但確實地朝著這裡接近。

我得快逃。

可是悠真還沒有找到第二份遺囑，這樣下去即使他想逃也逃不了。

四　黑影

悠真再次用雙手搜索石壁的凹陷處。他極力克制住內心快要滿溢而出的著急。要是在這裡慌了手腳，就真的前功盡棄了，應該還有時間才對。

為了避免看漏，不，是為了避免有哪裡摸漏，他從凹洞的右側開始，一寸一寸往左側移動，特別是小廟四周他檢查地非常仔細。無論怎麼想，這裡都是最有可能的地方。

但即使一路摸到石壁左側，仍舊什麼也沒找到。這次他連香爐裡都找了，還是沒有任何新發現。

……叩咚、叩咚、叩咚。

這瞬間，像是在地下通道中行走的腳步聲，從悠真的正後方傳了過來。他非常清楚自己臉上現在肯定是頓失血色。

那東西就在與小廟所在之處只有一壁之隔的通道中前進。雖然說中間還隔了一層石壁，但是那個黑影走過了他的正後方。

快要被追上了。

悠真雖然不曉得從那裡到這裡的確切路徑，但應該沒剩多少時間，勉強只能再找最後一次。

可是……

再做同樣的事也只是白費力氣，都找這麼久了還是沒找到任何東西，第二份遺囑恐怕是放在其他地方。

不過……

那個「其他地方」，就在前方凹洞的某處。如果不這樣想，那封遺囑最後的條款，就會成為一場騙局。

這個凹洞還有哪裡我沒有找過的嗎？

他絞盡腦汁思索答案，這可說是他人生中首度這麼拚命思考。雖然說眼睛看不見，但無論是凹洞右邊到左邊，或小廟的屋頂到內側，他應該毫無遺漏地確實都用手找過一遍了才對。

有哪個地方是盲點嗎？

就在他快要想到什麼的時候——

……叩咚。

那東西似乎進入這條通道了。

怎麼會……

悠真原本以為還有一點時間，現在頓時慌了手腳。雖然不確定從彎進這條通道的轉角走到這座小廟需要幾秒，但所剩時間頂多不超過十秒吧。如果不能立刻找到遺囑逃走，那東西就要逮到我了。

……叩咚、叩咚。

令人心底發寒的腳步聲和氣息，緩緩從右邊接近。原本好不容易要浮現的靈光一閃，也因此消失得無影無蹤。

這時，突然飄來一陣劇烈惡臭，像是好幾天沒洗澡的人身上散發出的那種令人作嘔的酸臭味。

唔……

悠真下意識地屏住呼吸。

……叩咚、叩咚、叩咚。

那東西發出的聲響越來越接近，比至今都還要大聲。即使不想承認，悠真也知道它就要走到自己身旁了。

……完蛋了。

他嚇到差點就要拔腿逃離現場時，短短幾秒前差點浮現又消失的那個念頭，突然在腦中復甦了。

對了！還有這個可能！

悠真趕緊取出鑰匙，用指尖搜索小廟門上的掛鎖鎖孔，將鑰匙插進去旋轉。

喀嚓。

這個聲響和在上面打開拉門掛鎖的聲音完全相同。

……叩咚、叩咚。

但是掛鎖怎麼樣都拿不下來，悠真急得都快要哭了，幾度掙扎總算是打開了門。

……叩咚。

他將右手伸進小廟，猛地撞上像是玻璃的東西，手指挫傷後他忍不住呻吟了一聲。

……叩咚。

他無視手指的疼痛，拚了老命摸索玻璃下方，終於摸到一個像是信封的物體。

……叩咚。

他用力抓緊那個像是信封的東西，接著一口氣拔腿狂奔。

磅！

沒跑幾步悠真的頭就狠狠撞上石壁。他剛剛忽然忘記自己身處的地方，可是狹窄的地下通道。額頭痛得像裡面硬塞了一塊鐵，腦袋裡嗡嗡作響，整個人有些暈眩，接著身體突然失去重心。

他趕緊兩手扶住面前的牆壁，勉強忍耐。握住信封的右手差點鬆開，他心中一驚，現在這種情況下，他可不想在地上到處摸索掉落的遺囑，更何況他應該暫時無法動彈。

……叩咚。

這個瞬間，那東西的氣息來到他的正後方。

他後頸驀地爬滿雞皮疙瘩，一陣惡寒沿著背脊直往下傳，他立刻忘了頭痛，拔腿就逃。

真正的恐懼會讓人忘記疼痛。

話雖如此，全速前進這種錯誤，他是不會再犯第二次了。他先把信封塞進大衣口袋，再伸出右手摸著右側石壁，加快腳步前進。總之，他邊走邊注意是否到了轉角，小心不要再撞上牆，剩下的就是盡可能地拉高速度。悠真現在能做的，就只有這些了。

……叩咚、叩咚、叩咚。

不過那東西也緊追在後，簡直就像是一場黑暗中的捉迷藏。如果只是玩捉迷藏，就算被抓到也只要變成鬼就沒事了。但在現下這場捉迷藏裡，事情究竟會變成怎樣呢？

悠真當然無法想像，不過光是閃過這個念頭都令他感到毛骨悚然。

他在轉彎時速度總會慢下來，有好幾次都差點被那東西趕上。雖然每次都千鈞一髮及時避開，但體力和精神上的消耗讓他漸漸感到疲憊。一路上累積的身心疲勞，開始逐漸發揮影響力。

要是在這裡倒下……

他忍不住感到喪氣，趕緊鼓勵自己，勉強一步步前進。但他伸長的右手越來越無力，踏出的雙腳越來越沉重，不僅氣息紊亂，還流了滿身汗。

情況不妙。

悠真的腳步越來越虛浮，相較之下那東西的氣息似乎完全沒有任何變化，只是持續平靜地追趕，這讓悠真恐懼到了極點。

好想休息。

身體各處都到達極限，但因為實在是太害怕了，他仍舊沒有停下腳步。要是被那東西追上……只要想到這一點，就算再怎麼勉強也得往前走。

可是，我不行了……

悠真彎過轉角時，速度已經大幅下降。他不曉得走到下個轉角需要幾步，但覺得自己是撐不到那裡了，在走到之前，應該就會先被身後的那東西抓住吧。

他差點要陷入絕望深淵時，突然發現黑暗中朦朧浮現一道十分微弱的光芒。

那是……

他腦袋一時轉不過來，但旋即醒悟那是祠堂裡的光線從出口射進來。出口那段階梯和入口階梯相同，與地下通道呈直角相交，光線應該很難照進來，而且燈泡蠟燭的光芒原本就十分微弱，即使如此他還是看得到透進來的光線，可見這裡真的是完全漆黑的世界。

他擠出最後一絲力氣，一口氣加快速度。隨著他在地下通道中越往前走，那道模糊的光芒逐漸變得明亮。變化雖然不是很明顯，但已經足以帶給他無比的力量。

他終於走到出口前的階梯，此時悠真已經腳步踉蹌了，他抓緊扶手，以前傾姿勢拚命一階一階往上走，他腦中只剩下趕快離開地底這個念頭。

走到剩下最後三階時——

……叩咚。

從階梯的最下面傳來了那東西的聲響。

悠真手腳併用地爬上剩下的幾級階梯，搖搖晃晃地朝門邊走去，總算踏出祠堂外。他關上拉門的瞬間，朝裡頭瞄了一眼。

結果正巧看見那不知名的黑影從祭壇左邊的出口，無聲無息地探出頭來。

悠真立刻關上門鎖上掛鎖，這樣應該就能把那東西關在祠堂裡了吧？他不確定，但無論如何都得趕緊離開這裡。

祠堂外頭相當寒冷，不過因為他在戒壇巡禮中出了不少汗，現在反而覺得通體舒暢。從踏進墓地那一刻開始，他第一次感到身心愉快。

無論是要過終橋前，通過大面家墓地時，還是走在中之橋半途，他都頻頻回頭張望。

那東西該不會追上來吧？

他無法擺脫這個駭人的恐怖感。即使從中之橋回到參道上，他仍覺得有什麼東西正在追捕自己，好幾次都回過頭去確認。

或許由於他太把注意力放在後頭，所以當他看到前之橋出現在眼前時，頓時只能不明所以地愣在原地。

我已經走回來了？

回程走起來感覺相當快，快到他差點就要相信其實那座是中之橋，自己果然是在只有一條路的封閉圓形迷宮中迷路了。

悠真走到引擎尚在運轉的轎車旁，看見久能躺在向後倒的駕駛座上，一臉舒服地熟睡著。

這個混帳……

他原想用力拍打駕駛座窗戶，但立刻放棄這個念頭，轉而走回副駕駛座，打開車門。寒風吹進原本溫暖的車內，沒過幾秒律師就醒了過來。

「你在幹嘛？快點進來。」

悠真上車後，久能毫不遲疑地朝他伸出一隻手。律師似乎確信他一定有將第二份遺囑拿回來。連一句幹得好都不說嗎？

悠真內心雖然不滿，還是順從地取出信封。沒想到信封已經皺成一團，讓他嚇了一跳。他不光是從小廟中把它取出來時動作相當粗魯，塞進口袋之前又一直緊緊抓在手中。

律師將信封放在大腿上撫平，小心翼翼地收進西裝內袋。

「辛苦了。」

然後才終於對悠真說出慰勞的話。

在回程中，悠真想要問久能關於那個黑影的事。他心想就算問了，律師大概也不會正面回答，所以打算不著痕跡地旁敲側擊。可是不知不覺中他就睡著了，等律師叫醒他時，人已經回到大面家。

即使當時是深夜，但所有家人都醒著等他。他們一看見悠真的身影出現在大廳，就立刻連珠砲般地發問。

「第二份遺囑呢？」

果然不出所料，率先發難的是安正叔叔。

「你有找到嗎？」

「你有帶回來吧？」

接著是異母姊姊真理亞和真理子阿姨。

「你該不會嚇到尿出來吧？」

討厭悠真的異母哥哥將司出聲嘲諷，不過悠真忽略他直接回答眾人：

「我有找到遺囑，已經交給久能律師了。」

「趕快給我們看一下。」

「幾時才要發表呀？」

「頭七的今天吧？」

安正、真理亞和真理子立刻異口同聲地將炮口轉向律師。

「各位，請你們早點休息。」

久能回應時，仍舊是那副公事公辦的態度。

「今天早上幸子女士的靈柩要在彌勒山入土，請各位多少睡一下。儀式順利結束，回到宅邸用過午餐後，我就會公布第二份遺囑。」

律師明確告知預定時程後，誰都不能再無理取鬧。不過安正等人避開律師，壓低聲音悄聲問悠真說：

「你沒有偷瞄一下遺囑中寫了什麼嗎？」

在他搖頭之後，其他人就立刻轉身走回自己房間。只有啓太和美咲紀，還有喜歡照顧人的初香，不知為何卻仍然留在原地。

「那裡很冷吧？」

此刻的初香，是所有家人中第一個出聲關心悠真的。但即使是她，一開始在意的還是究竟有沒有順利將第二份遺囑拿回來。或許這是人之常情，但悠真仍感到一股深切的悲哀。

不過他現在實在太過筋疲力竭，連內心受創的力氣都沒有了。

「我累了，我也要去睡覺。」

悠真走出大廳，初香也朝著自己房間走去。然而啓太和美咲紀即使走到通往各自房間的走廊上，還是寸步不離地跟著他。

「有什麼事？」

悠真雖然想要盡快上床休息，但他沒轍地出聲詢問兩人來意。

可是啓太和美咲紀都默不作聲。他們似乎都不希望對方在場，內心分別期待能跟悠真獨自交談。

悠真固然可以忽視兩人逕自回房間睡覺，但大面家的人中，會主動找他講話的就只有初香和眼前這兩人。雖然有時覺得煩人，但也因此沒辦法太過冷淡。

「怎麼了？」

他輪流望向兩人的臉，再度開口詢問。但他們兩個似乎還是介意對方的存在，沒有人要先出聲，悠真頗感無奈，只好朝房間走去。

「在、在墓地……」

「在那座山……」

啓太和美咲紀幾乎同時開口，然後似乎立刻明白對方打算說什麼。年紀較小的啓太做出禮讓的動作，美咲紀繼續往下問完：

「你沒有看到什麼奇怪的東西嗎？」

悠真立刻神色大變，兩人從他的反應中得到了答案。

「看到了嗎？」

啓太興奮地探出身子。

「你看到什麼？那東西做了什麼嗎？」

美咲紀則仍舊語調沉穩地接著問。

「那東西……」

悠真雖然不願回想那段記憶，但另一方面，他內心也渴望有人可以聽他傾訴。那個人影般的黑色東西到底是什麼？或許他無意識中渴求一個合理的解釋。

不過就算他將過程描述一遍，也沒能從兩人身上得到絲毫回應。他們面面相覷，露出滿是嫌惡的表情。即使反應這麼強烈，兩人仍一句話都沒說。

「那東西到底是什麼？」

悠真只好自己開口詢問。

「你怎麼想？」

美咲紀將問題丟回給他，讓他感到苦惱。

「……我哪會知道。」

悠真回答後便望向啓太，同時將啓太之前告訴他的、關於那道黑影的資訊說出來，而美咲紀毫無遲疑地接受了，讓他內心再度浮現恐懼。

大面家眾人和僕人都已經入睡，寂靜無聲的宅邸中只有他們站在走廊一隅，像是講悄悄話般低聲談論著一個來歷不明的東西。明明身旁還有兩個人，但悠真感到十分脆弱不安。一想到待會兒回房後就剩自己孤身一人，他就怕得要命。

「差不多該睡了。」

「明天還要辛苦一天呢。」

然而兩人似乎聽完那個黑影的事就心滿意足，開口道晚安，接著就頭也不回地各自回房。

那天晚上，悠真在被窩中不斷顫抖，心中感到後悔……當初是不是根本不應該到大面家來？要小心那些聽起來充滿好處的事情。

他突然想起有個兒童福利機構的朋友曾講過這句話，當時他又接著說：

「就算因此受騙，也絕對不要放棄，要耐心等待反擊的機會降臨。」

悠真並沒有受騙，但總莫名有種掉入陷阱的感覺。究竟是誰幹的好事？何時設下的？又是什麼樣的陷阱？這一切他都不清楚。搞不好落入陷阱的不只他一個，而是大面家的所有人。擺在那個陷阱中的誘餌，想必就是那封第二份遺囑了吧？

悠真腦中不停轉著這些疑問，不知不覺中就睡著了，過了一會兒，他夢見那道影子在宅邸中追趕他，體驗到十分嚇人的夢境。

不過此刻他還不知道，比起這種惡夢，眼前還有更令人毛骨悚然的陷阱正張大了口，在不遠的前方等著他。

五　頭七

漆黑轎車的隊伍一路浩浩蕩蕩地開上彌勒山。要是從山頂往下眺望，看起來搞不好就像一列螞蟻在爬行。

悠真坐在那排車隊的最後一輛計程車裡。他年紀最小雖然也是部分原因，但似乎進到大面家的時間長短才是真正關鍵的因素。因為就算年紀較小，只要在宅邸中生活的時間較長，就會坐在比年長家人更前頭的計程車上。

隨便啦。

當然悠真並不執著於這些細節。比起排序這種小問題，才過不到半天又得再次來到遇上驚悚遭遇的地點，讓他苦不堪言。

不消多久，車隊抵達山頂，眾人排成一列送葬隊伍走到參道上。此刻，悠真心中的煎熬變得更加劇烈……

早知道我就該裝病留在屋裡。

所有人都有看見悠真是多麼地疲倦與憔悴，裝病肯定可以蒙混過去。但事到如今，想再多都來不及了。

徹夜沒睡等他回來的大面家成員今天早上也都顯得無精打采，恐怕是都沒睡夠。從外人眼中看來，肯定會以為他們是由於過度悲傷而消沉，但其實只是單純的睡眠不足。走在送葬隊伍前頭，扛著棺材的那幾人，腳步看起來虛浮不穩、令人擔心。

現在是陽光普照的早晨，還是一大群人一起來，大面家墓地仍舊散發著一股毛骨悚然的氣氛。送葬隊伍走到大面家的靈骨塔再走回來的這段期間，即使在大家沒留意的情況下有人憑空消失……好像也絲毫不足為奇。這裡就是充滿了這種詭譎的氣息。

我居然有辦法在半夜一個人來這裡。

就連自己都感到難以置信。幸好在那之前自己一次都沒有來過，要是事先曾在白天過來，肯定在出發前就會嚇得要命，根本沒辦法踏上這條參道。

悠真仍在腦中東想西想時，隊伍已經抵達靈骨塔了。接下來的流程是將棺木送進塔內，舉行彌勒教的儀式，不過他心不在焉，幾乎沒有什麼印象。一直到有人叫他回到參道上，他才回過神來。

歸途與來時的寂靜無聲完全相反，眾人吱吱喳喳地講個不停。當然大家僅是相互低語，沒有人大聲喧嘩，可是細碎交談聲彼此震盪交疊，仍舊顯得十分嘈雜。隊伍也七零八落，排序已經不需遵照規定，都搞不清楚誰在哪了。

這片混亂中，只有花守管家和跟在她身後的家僕們，依然保持著一開始的相對位置，沉默地一步步前進。

頭七的葬禮，只有家人和部分家僕參加。大面集團的公祭會另行擇期舉辦，今天的出席者只有至親，而其中會有部分家僕則是幸子本人的遺願，想必是因為花守管家還有主廚等人，都已經在大面家工作多年了。

對於老太婆來說，比起這些沒有血緣關係的弟弟妹妹跟養子養女們，應該更希望花守管家她們能在最後送自己一程吧。

悠真心中突然浮現這種想法，但他並不會因此覺得花守管家變得比較平易近人。在某層意義上，管家是這座宅邸中他最不會應付的人，就像是一位嚴格的家庭教師。

幸子在各方面也相當嚴格，但是她對於生活在同一個屋簷下的弟妹和領養回來的孩子們，在相處上倒還滿疏離的。或許正因為彼此關係特殊，這也是人之常情。不過通常人只要認為是自己在照顧對方，難免都會向對方有所要求。在這個情況下，應該就是希望對方感謝自己吧。

但幸子卻完全沒有這種想法。她的態度看起來既像是尊重每個人的自由意志，也像單純放著不管罷了。大面家的成員也順勢與她保持距離，比起相互間的客氣淡漠，每個人對大面家的當家都更為敬而遠之。

而花守管家就像是代替幸子一般，不管對誰都毫無顧慮地直言不諱。她的態度不帶一絲親切，簡直就像在管教難搞的小朋友。

「要在大廳休息可以，但不准穿得那麼邋遢。」

「在這個家裡，不容許有那種不雅的發言。」

「要幾點吃飯是個人自由，但是家裡有家裡吃飯的規矩。」

並不是要幫花守說話，但是確實有好幾位家人言行舉止都十分幼稚，甚至可以說根本不成熟。或者也有人是因為在大面家生活久了，精神年齡退化成小孩子的狀態。

人只要沒了責任，成天遊手好閒，就會變得很糟糕呢。

這是在此地生活一年後，悠真領悟出的真理，所以他想要找機會離開大面家。只不過要是他現在立刻離家出走，肯定只能流落街頭，因此這還只是未來的打算。

雖然悠真對大面家的人有很多意見，但花守的嘮叨仍舊令他十分不耐，其他人會對花守管家避之唯恐不及，自然也不足為奇。

只有早百合因為勤勞打理宅邸庭園，勉強和花守算得上有共同話題。總之對花守來說，幸子比什麼都還來得重要，第二個就是大面家。而早百合總是將大面家宅邸內的庭院整理得漂漂亮亮的，花守會對她另眼相看也是合乎情理。

眾人回到屋子稍作休息後，就到了午餐時間。既然是佛教葬禮，餐點自然也是素食的精進料理。

今天情況特殊，因此幾乎所有人都按照時間出現在飯廳。雖然有人遲到，但只是晚了幾分鐘。午餐過後就要發表第二封遺囑的內容了，就算需要眾人到齊才會宣布，但每個人肯定都暗自想著，要是來晚了可就大事不妙。

大夥兒在用完午餐並略事休息之後，再次齊聚在大廳裡。

悠真的異母兄姊有休學中的大學生啓太、對幸子的占星術相當有興趣的美咲紀、擁有幼保證照的真理亞、興趣是變魔術的博典、外貌彷彿雙胞胎但存在感極為薄弱的華音和莉音，還有討厭悠真的將司這七個人。

毫無血緣關係的叔叔阿姨則有喜歡照顧悠真的初香、夢想成為作家的太津朗、擁有護士執照的真理子、獨自悉心照料大面家庭院的早百合，還有想要繼承幸子衣缽的安正等五人。

包含悠真在內的這十三個人，現正內心焦急地等待久能宣讀遺囑。

最要緊的律師本人，則是在花守管家去向他報告「所有人都到齊了」之後，才不慌不忙地現身。真理亞、真理子和安正差點就要脫口埋怨，但似乎又忍住情緒。應該是發現抱怨又會推遲遺囑發表的時間吧。

「各位都到齊了吧。」

久能在遲來的確認之後，煞有介事地從包包中優雅取出一個信封。正是悠真賭上性命從彌勒山祠堂帶回來的第二份遺囑。

每個人都自然地探出身子，就連平日沉默寡言、不太表示意見的博典和太津朗、不起眼的華音和莉音、內向害羞的早百合也都不例外。更別提個性強勢的真理亞和真理子，以及性格乖僻的將司和安正，他們雙眼甚至都發出異樣光彩了。

「原本應該要按順序一項一項宣讀，慎重告知各位詳細內容，但是——」

久能將第二份遺囑從信封中抽出來，開始說話。

「遵照幸子女士的遺願，我將先公布遺產將會如何分配。」

咕呃，喉頭震動的聲響此起彼落地響起，現場空氣突然繃緊。

「接著再說明繼承者應遵守的某項條件。」

後面這句話吸引了悠真的注意力。啓太似乎也是一樣，露出稍許詫異的神情。不過其他人幾乎都沒有放在心上，滿腦子只有最重要的「遺產分配」。

「那麼，我要開始公布了。」

現場十三個人都繃緊神經等待著，唯有律師一臉事不關己地說出了驚人內容。

「一半遺產將歸悠真所有。」

呃……悠真從喉嚨深處發出分不清是呻吟還是驚呼的聲響，腦袋瞬間一片空白。那時四周有好多人都倒抽了一口氣，不過他好似根本沒有聽見。

「剩下的一半遺產，將均分成十二等分，贈與其他十二位繼承者。那十二個人就是現在在場的——」

久能一絲不苟地將姓名一一念出，不過根本沒有人在聽。在場十二人無一例外，全都緊緊地盯著悠真。

「另外還有準備要贈與家僕的部分——」

當久能一開口說出新的條款，現場緊繃的情緒一瞬間炸了開來。

「怎、怎麼可能會有這種蠢事！」

「為什麼最後才進大面家的小孩可以拿一半遺產？」

安正和將司率先開炮。

「對呀，不管怎樣這也太奇怪了吧。」

「幸子大姊寫遺囑時，該不會已經老人癡呆了吧？」

真理亞和真理子接著抗議，而律師只回覆了後者的疑問。

「訂立第二封遺囑時，幸子女士的神智十分清楚，當時也有證人在場，因此本遺囑擁有法律上的效力。」

「這座宅邸呢？庭院會怎麼樣？」

「對了，圖書室的藏書呢？」

早百合和太津朗半是哀嚎半是著急地問。

「現在是管這種事的時候嗎！」

安正大動肝火，不過久能也回答了兩人的問題。

「不動產的繼承較為複雜，晚點我會再詳細說明，不過大面家的宅邸和土地，還有那座彌勒山都將由悠真繼承。」

悠真聽到這句話，立刻在內心暗自大叫：

我不要那座山！

不過下一刻他忍不住自問：

也就是說，除了那座山以外我都想要繼承嗎……？

原本他毫無現實感，但一思及此，突然一切都變得無比真實。不管怎麼說那可都是一半遺產哦。遲了好幾拍，他突然感到一陣暈眩。不過另一方面，內心也浮現了與另一半財產擦身而過的感嘆。

居然可以繼承一半遺產。

只能繼承一半遺產。

這兩句話雖然在講同一件事，但是其中透露出的不同心境，就代表著人類無止盡的欲望吧？自己身上居然萌生出如此飢渴的欲念，悠真不由得害怕起來。

在他四周，眾人仍然持續責難抱怨著。不過成為眾矢之的的並非悠真本人，而是久能律師。

我們才不承認這種遺囑。

歸納所有人的意見，就會得到這句話。即使第二封遺囑擁有法律上的效力，但是他們強烈主張這種遺囑根本應該作廢。

「那麼我請教一個問題——」

久能一臉饒富興味地詢問：

「各位的意思是，按照第一封遺囑的內容就好嗎？」

眾人面面相覷了一會兒，启太低聲說：

「考量到每個人可獲得的總金額，還是第二封遺囑遠遠多得多吧？」

「啊，也是呢。」

真理亞附和。

「你這樣一說，確實是如此沒錯。」

真理子也恍然大悟般地接話。

「在第一封遺囑中，獲得金額最少的就是這個孩子喔。」

初香或許是想替悠真辯護，突然講了一句牛頭不對馬嘴的發言。

「喂喂。」

這時安正表情傻眼地插嘴。

「雖然說按照第二份遺囑，我們得到的遺產會比較多，可是會有一半的遺產都歸這小子喔。相較之下我們只能拿到剩下一半的十二分之一，你們可以接受這種事嗎？」

「怎麼可能！」

「想都別想！」

真理亞和真理子立刻回答，將司也發出表示同意的悶哼聲。

「不管怎樣還是先把後續聽完吧。」

宛如要壓下殺氣騰騰的局面，啓太如此提議。

「聽完後續有個屁用！只要先決條件不改變——」

「久能律師有說過會說明繼承者的條件。」

啓太被安正飽含怒氣的聲音嚇得縮了縮脖子，但還是繼續把話說完。

「搞不好聽了就會發現有些地方因此改變。」

「所以我不是說了嗎？只要先決條件不改變，不管後面再追加什麼條款都沒有救啦。還是說怎樣，你覺得這樣分配很好嗎？」

「當然不是。」

啓太不悅地回。悠真聽了不禁感到有些洩氣，從剛剛眾人的對話中，他原本還想說搞不好啓太對繼承看得很淡，但似乎並非如此。

理所當然的吧。

這可是關乎一筆極為龐大的遺產。就算變得和平常判若兩人也都不足為奇；反而可說換了一個腦袋才是正常現象。

「那麼，我可以繼續說了嗎？」

原本以為久能要出言挖苦，但他只是秉公處理地發言。

「繼承者的條件，主要關乎每個人的生死。」

「……啊？」

安正突然發出驚呼，表情認真地問：

「要是悠真過世，這小子獲得的遺產會怎麼樣呢？」

「我接下來就會說明這方面的細節。」

久能絲毫不為所動，以一貫的冷靜態度回答：

「如果悠真過世，他所繼承的遺產全部都將交由大面集團管理。在這種情況下，法律上的程序會和第一封遺囑相同。」

這對其他十二人來說，又是一次令人震驚的爆炸性發言。

「……騙人的吧。」

「開什麼玩笑。」

安正和將司愣在當場，喃喃地說。

「太過分了。」

「這太不可理喻了啦。」

真理亞和真理子同時氣憤地說。

「那麼，如果是我們死掉的情形也……」

啓太開口詢問後，律師搖頭表示否定，所有人都露出不可置信的神情。

「悠真以外的人，處理方式不同。」

「看來我們似乎完全比不上他呢。」

對於真理子憤恨的發言，安正和將司差點就要出聲附和，但啓太搶先追問。

「怎麼個不同法呢？」

此刻，久能顯得有些遲疑，或許是在思考接下來該如何解釋。

「久能律師？」

啓太叫了他一聲。

「我就舉例簡單說明好了。」

久能先講了這句開場白，才接著開始說明眾人關注的條件內容。

「假設十二位遺產繼承者中的A過世了，那麼原本A獲得的遺產，就會自動分成兩半，一半給B，另一半給C。同時，D和E也必須將自身財產的一半，無條件送給B和C。」

所有人都露出茫然的表情。為什麼事情會變成這樣呢？完全無法理解這是什麼意思。

「而且悠真也要另外拿出一部分財產，分別送給B和C。」

律師一講完，大廳中就陷入一片寂靜。剛剛的吵雜喧鬧簡直像是一場夢，現場靜默地令人心底發毛。眾人彼此交換視線，但就是沒有人開口說話。

「那個——」

終於，啓太顧慮地，或更應該說是怯生生地，提了一個問題：

「Ａ和Ｂ之間的關係是什麼？」

一針見血的發問。只要沒弄清楚這五人間的相對關係，就完全無法理解剛剛那些話。

沒想到久能接下來的話，更是讓所有人都大感意外。

「各位知道自己的星座嗎？」

六 黃道十二宮

這瞬間，所有人都露出驚愕的神情，深感自己被擺了一道。然後如同預期，安正和將司率先發難。

「你究竟在講什麼鬼話？」

「你是在開玩笑嗎？」

接在兩人後頭發言的自然是真理亞和真理子，但內容明顯不同。

「你提到星座，是跟義母的占卜有關嗎？」

「繼承者過世後的遺產分配，跟這個有關係嗎？」

久能微微點頭，又說：

「據幸子女士的說法，各位的星座相當分散，沒有任何兩個人是相同星座。」

他的語氣像在暗示這項事實有什麼特別含意。

「你的意思是，我們十二個人就集全了所有十二星座嗎？」

美咲紀第一個意會過來。而且她似乎也已經發現，隱含其中的駭人繼承條件。

「也就是說，該不會……」

不過安正再度插話。

「等一下，這小子不算嗎？」

他伸手指向悠真。自從得知悠真將繼承一半遺產後，安正開口閉口都叫他「這小子」。

「悠真的情況是雖然曉得出生年份，卻不清楚出生日期，無從判斷他是什麼星座。」

「他果然很特別嘛。」

聽了久能的答覆，真理子嘲諷地說。

「不過，他扮演一個十分關鍵的角色。」

律師補上這句話，彷彿在強調他非常重要。

「請你再說得詳細一點。」

啓太似乎等得不耐煩，遂開口要求律師解釋。幾乎所有人都出聲表示贊同。

「幸子女士在第二封遺囑上畫了一個黃道十二宮，上面每一格都對應了身為繼承者的你們其中一人。」

可是等久能真的開始說明，除了美咲紀之外的所有人臉上都一片茫然。但律師似乎早就預料到眾人的反應，立刻詳加解釋。

「黃道十二宮中的黃道，指的是太陽在一年中的運行軌跡。如同各位所知，太陽在天球上繞行一

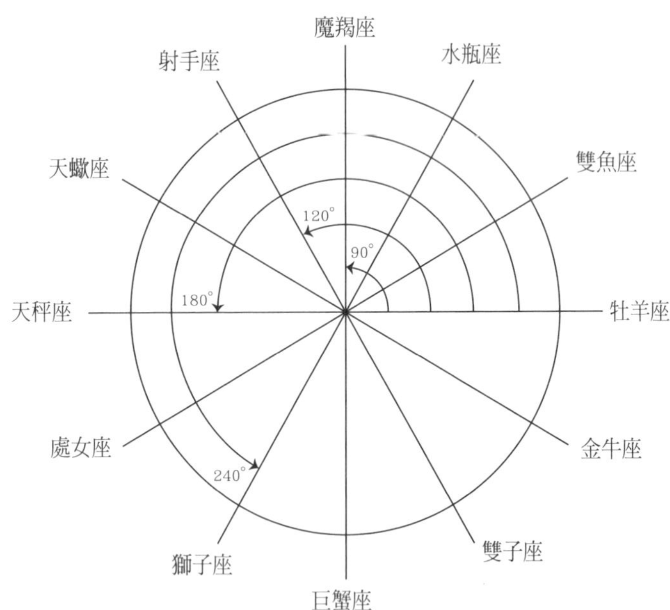

圈需要一年，這個過程中留下的圓形軌跡，也就是太陽的移動路徑，就稱為黃道。接下來，十二宮指的就是十二星座。如果從地球上觀察太陽的運行，譬如說在春分時，太陽看起來就像進入牡羊座的位置，這時它的對面是天秤座。像這樣分別將十二星座對應到黃道上，就能看見所謂的黃道十二宮。」

「在占星術中，是繪製星盤不可或缺的基本知識。」

聽到美咲紀的補充，安正詢問：

「星盤是什麼東西？」

「就是那個人出生時，各個星體的配置圖。」

「長什麼樣子呀？」

「畫一個圓代表天球，在水平方位上的直徑左右延伸出去，那條直線就是水平線，左邊代表東方，右邊代表西方。將東方的水平線看作上升點，西方的水平線看作下降點。上升點和今後的人生有關，下降點則會影響未來的死亡。換句話說，一個人出生時，是哪個星座剛好爬到上升點，又是哪個星座落在下降點，藉由弄清楚這些資訊，來占卜這個人的一生。」

「這樣一來，現場所有人的那個什麼星盤都……」

「不，義母畫的圖應該是在黃道十二宮的十二個星座上，分別填入我們每個人的名字而已吧？」

她最後的問題是對著久能問的，律師沉默地拿出一張紙，舉高讓所有人都能看見。不過上面只有標出十二個星座，根本找不著十二位繼承者的名字。

「幸子女士雖然有留下黃道十二宮的圖，但她並沒有將各位的姓名寫上去。」

「是叫我們要自己想嗎？」

從美咲紀的回話聽起來，她似乎是已經聽懂了。律師伸手指著那張紙，突然開始具體地說明。

「假設過世的人是牡羊座。那麼星座位在牡羊座逆時針方向一百二十度和兩百四十度的兩位，就能夠分別獲得牡羊座那人的一半遺產。從這個圖上看來，會是射手座和獅子座。同時，星座位在牡羊座逆時針方向九十度和一百八十度，也就是魔羯座和天秤座的兩位，必須將自己獲得遺產的一半，分別贈送給射手座與獅子座的人。」

「這是什麼呀……？」

「感覺有點怪耶。」

真理亞和真理子皺起眉頭，其他人也多半露出類似表情，只有美咲紀一人神色如常。

「在占星術中，各個星座的相對位置非常重要。」

而且明明沒人問她，她還主動開口補充說明。

「星座之間的角度稱作相位。從某個星座來看，相位落在一百二十度和兩百四十度的星座，跟它關係最為良好；相反地，落在九十度和一百八十度的星座，則是敵對關係。」

一直安靜聆聽的啓太，開口詢問美咲紀：

「換句話說，要是有人過世，那個人的相位一定會影響到其他十一人中的四個人嗎？」

「嗯，沒錯。」

所有人都一臉不可置信地看向久能，但律師絲毫不為所動，一副事不關己的模樣。

「果然越來越離譜了不是嗎？」

安正用手指敲敲自己的頭，似乎仍在懷疑擬定第二份遺囑時，幸子的精神狀態可能已經出現異常。

「的確是有點奇怪呢。」

將司立刻幫腔，接著也有幾個人跟著點點頭。悠真也是其中一人。

「不過，這項條款有法律上的效力吧？」

博典難得開口。

「沒錯。這方面的手續我會負責處理。」

久能回話的態度比對待其他人時更加客氣。太津朗似乎是受到至今對話內容的刺激，這次換他舉起手來。

「我有一件事想問。」

「請說。」

「在這個奇特的條件中，悠真扮演的角色。」

久能剛剛的確曾經說過，悠真扮演了一個相當關鍵的角色，那句話究竟是什麼意思呢？

接下來，律師說出驚人的回答。

「其實有一個因素會影響這項條款，那就是在繼承者過世時，悠真是否還活著這個問題。」

「咦？」

悠真不假思索地驚叫出聲，久能絲毫沒有打算要顧慮他，繼續往下說：

「剛剛我們講過在牡羊座的例子中，射手座和獅子座可以獲得一半的遺產，而魔羯座和天秤座反倒要交出自己的一半遺產，不過呢，那是在悠真活著的前提下。」

「那麼，如果當時他已經死了……」

「射手座和獅子座，魔羯座和天秤座，這兩組的關係就會顛倒過來。」

「這……」

「會交換嗎！」

在太津朗驚訝反問前，真理亞就已經先叫出聲。

「無論過世的是誰，相位的解讀方式都會因為當時悠真的生死而改變是吧？」

仍舊只有美咲紀一個人接受了律師的發言。

「為什麼會變成這樣？」

真理子一臉莫名其妙地問。

「因為悠真不像我們知道自己所屬的星座，不是嗎？」

美咲紀自信滿滿地回答。

「原本那樣明明就已經夠詭異了。」

「居然還有新條件。」

悠真聽到安正和將司的埋怨，內心突然湧現不安。

第二份遺囑中記載的條件，讓人十分難以接受。聽了說明之後，所有人都呈現抗拒的態度。但隨著時間過去，這兩個人似乎已經開始接受那些奇特的條款了。而且感覺起來，他們甚至已經開始思考，要怎麼做才能從中獲得利益。

該不會，打算要對誰……

悠真正要開始想像駭人的場景時，突然醒悟自己的生死也會牽連其中，不禁渾身竄過一陣寒意。

……不，不只是這兩個人而已。

不知不覺中，悠真也開始懷疑起其他人。

幸子留下了多麼恐怖的遺言……憑著這個遊戲規則，繼承者之間肯定會相互萌生敵意。

這正是她的目的嗎？

又有其他恐怖想像驀地飄過他的腦海。他不著痕跡地環顧四周，發現有幾個人也正在悄悄觀察周遭。不小心對上視線的瞬間，彼此都慌張地別開眼。

一封遺囑引發的骨肉相殘。

愛憎交織的家族對立。

血洗一族的連續殺人案。

此刻，就算這些宛如電影標語般的聳動文句，浮現在每個人腦中也絲毫不足為奇。

早知道就不該去拿這種遺囑回來……

悠真打從心底感到後悔。

「第二份遺囑中，還有其他條款。」

久能沒有多加理會內心動搖的繼承者們，依舊打算冷靜地——講難聽點是冷淡地——繼續完成自己的任務。

「她是想玩弄我們到什麼程度呀……？」

安正的自言自語中，摻雜著對幸子的畏懼。

「幸子大姊就這麼憎恨我們嗎……？」

真理子的語氣顯得虛脫。

「有一個人沒遭到怨恨喔。」

將司飽含怒氣的聲音接著響起。他口中的那一個人，指的當然是悠真。

同時讓二十四隻眼睛盯著，悠真感到十分不自在。加上那些視線中分別蘊含著憎惡、羨慕、忌妒等各種情感，更加令他難以承受。還不如所有人都同樣憎恨他，可能事情還比較單純。

「可以了嗎？」

久能將所有人的注意力都集中到自己身上。

「幸子女士的遺囑，你們應該要好好聽到最後才對。」

他講這句話的語氣顯得意味深長，跟至今公事公辦的態度截然不同，因此在場所有人都露出詫異的神色。

同時，他們內心也都懷著某種期待，就像是在希望……至此都是悠真一個人占盡便宜，總該出現能夠教訓他的條款了吧。

悠真本人當然是心生畏懼。他並不是因為眾人的反應感到害怕，而是久能不尋常的舉止讓他十分在意。

有什麼隱情……

悠真才剛做好心理準備，久能就已經變回原本不帶感情的神態，語氣平板地開始說話。

「幸子女士的七七日忌（註1），也就是四十九日忌結束之前，如果有繼承者過世，除了將依照剛剛講過的黃道十二宮規則來分配他的遺產之外，還會再加上悠真的財產。」

眾人的驚呼聲響遍整間大廳。

「悠真必須將一部分財產贈與獲得亡者遺產的兩位繼承者。」

「多、多……請問是多少？」

安正脫口詢問，但語氣突然變得有禮。

「六分之一。」

「……」

安正目瞪口呆地愣在原地，其他人也同樣驚訝地說不出話來。

「接下來是從七七日忌到百日忌之間有人過世的情況。同樣地，百日忌到週年忌之間、週年忌到過世滿兩年的三回忌之間、三回忌到滿六年的七回忌之間、還有最後是七回忌到滿十二年的十三回忌之間，如果有人過世，這個條件仍然有效。」

註1：七七日忌，又稱四十九日忌。在佛教中，死後到投胎前的狀態會持續四十九天，而且每七天，死者生前的罪孽都會遭到裁判。因此還在世的人為了減輕死者罪孽，每七日就要誦經，祈求死者能成佛。四十九日是第七次的仲裁，將會決定死者命運的那一天，會舉辦比較盛大的法會。

「那、那個六分之一……？」

「只有到四十九日忌為止。」

沒等安正問完，久能就率先回答。

「之後會依序變成七分之一、八分之一、九分之一、十一分之一和十二分之一。這個幾分之幾，會根據當時悠真擁有的財產總額來計算出贈與金額。」

「沒有十分之一嗎？」

啓太不假思索地問，但根本沒有任何人在意這件事。

所有人又將目光集中在悠真身上，他腦中一片混亂。幸子將一半遺產留給自己，卻又特地加上這種詭異的條款，讓悠真所擁有的財產將會隨著每次繼承者過世而逐漸減少。

她究竟在打什麼主意……

悠真似乎突然窺見她心中的巨大陰影，忍不住感到戰慄。

「也就是說，雖然看起來好像獨惠悠真一個人——」

初香擺出認真思考的神情，點出悠真本人也沒注意到的事實。

「但繼承者中有人過世時，也只有他不會獲得任何好處吧？」

「廢話。」

安正搶先回應。

「這小子可是會繼承一半遺產喔。」

「根本連一塊錢都不用再給他。」

將司立刻表示贊同。

「我想要問個問題當作參考——」

啓太舉起一隻手，接著說出連悠真都沒想到的駭人疑問。

「如果悠真的財產依照剛剛的說明，連最後的十二分之一都分配完之後，情況會變得如何？」

「他當然不至於身無分文，只是他的財產應該會遠遠少於第一封遺囑中按月領薪水的總額吧。」

安正和將司聽了立刻發出幸災樂禍的聲音，而太津朗更接著用毫無起伏的語調，揭開毛骨悚然的現實。

「到那個時候，我們十二個人也會減半，變成六個人了吧。」

「……討厭。」

「這有點恐怖耶。」

真理亞和真理子出聲抗議，安正卻反而自信滿滿地說：

「只要成為留下來的那六個人之一就好了呀。」

他哪裡來的自信？悠真感到不可思議，但他當然不會說出口，也沒有將這想法表現在態度上。

「只剩六個人後，會變成怎麼樣呢？」

初香似乎突然想到新的問題。

「那之後如果有人過世，就不會再從悠真那邊得到財產。而只是依照黃道十二宮的規則，將亡者的財產分配給其他人。」

久能回答完問題，稍微停頓了一下才又繼續開口，再度朝其他十二人投下一枚震撼彈。

「倘若十二位繼承者全都過世的情況，所有財產都將歸悠真所有。」

「這太亂七八糟了吧。」

安正半是驚愕半是氣憤地說。

「這小子就算翹辮子，我們也一毛錢都拿不到。但如果我們死了，所有財產卻都要給他。」

「他果然對義母來講很特別呢。」

真理亞嘲諷地說。初香似乎聽進了她的話，贊同般地點點頭。

但悠真無法認同。要是真如她所言，那麼遺囑應該會寫成別的樣貌。雖然乍看之下他獲得的好處多於其他十二人，可實際上並非如此。

就算立場稍有不同，他也不過是詭異遺囑的繼承者之一而已。

不過就是那個老太婆所打造的，恐怖遺產繼承遊戲中的一顆棋子罷了。

現場自然沒有人能理解悠真的心情，就連初香的腦中也塞滿了誤解。

「最後還有幾項重要事項。」

久能的一句話，讓原本紛雜喧擾的大廳立刻變得鴉雀無聲。

「在四十九日結束之前，各位算是處在服喪期，所以這段期間內禁止外出。違反的人立刻喪失繼承權。」

什麼……眾人在心中發出抗議，不解與埋怨的情緒充斥整間大廳。

「雖然可以去上學，但是不能一整天都沒有回來。此外，必要時我會去確認是否真的有需要出席的課程。」

因為啓太還在休學中，所以這段期間內能夠外出的就只有悠真一個人。

「就算四十九日結束之後，如果離開這棟宅邸搬到其他地方，也會立刻喪失繼承權。」

無聲的哀嚎四處響起。

「順帶一提，如果有人喪失繼承權，他原本能夠獲得的遺產將全部分給剩下的繼承者。」

此刻，一股樂意之至的氣氛突然洋溢在整間大廳中。

「可以去旅行，但不能是回國日期不明確的長期旅行。用遺產購買不動產的情況──」

久能繼續詳細地一一說明，但已經沒有人在聽他講什麼了。這時，所有人腦中反覆縈繞的念頭想必都是──

不久之後，繼承者之間該不會開始互相殘殺吧……？

每個人心中可能都充滿了巨大的不安與恐懼。

七　開始

隔天早上，悠真照平常時間起床，不過他的精神狀態可說是十分不平常。

學校的喪假只有一個星期，今天非得去上學不可了，但他能恢復以往的日常生活嗎？他心中十分懷疑。

至今的人生中，他早已經歷過多次環境變化。過去無數次在兒童福利機構與好多對養父母間來來去去，經驗之豐富無庸置疑。其中最重大的變動，當然就是大面家收養他這一次。自從開始在這棟宅邸裡生活，一切都改變了。不過幸子的第二份遺囑，帶來了更為劇烈顯著的奇異變化。

再也無法回到從前的大面家了。

不只悠真，每個人應該都有感覺到。不，或許並非那麼清晰鮮明的感受，但至少他察覺了某種極為激烈的暗流，似乎可以說是……在久能宣讀完那封遺囑後，在場所有人都突然產生了奇異變化般，一瞬間所有的事物都不同於以往。

他相當在意一件事，他害怕自己身上該不會也發生了某種奇異的改變。雖然他目前完全沒有這種感覺，但既然知曉了這般詭異的遺言，他不認為自己能全然不受影響。

看待大家的方式改變了嗎？

第一個想到的是這一點。不過值得慶幸的是，他並沒有和誰關係特別親近，不需要擔心會因為這次騷動而失去哪段情誼，他和所有人的交情根本就沒有好到那個地步。

洗完臉後，他往餐廳走去，裡頭空無一人。大面家的人早上幾乎都很晚才起床，平常會和他同時吃早餐的，頂多也只有一、兩人，而今天則是一個人都沒有。

話說回來……

悠真獨自吃著早餐，再次打從心底鬆了一口氣。

幸好我沒有歸在黃道十二宮裡。

自從久能律師念完第二份遺囑之後，大家都想探聽別人的星座。他們雖然曉得自己的，卻不清楚其他人的資訊，就算知道，頂多也只是知曉幾個人的。現場似乎沒有人掌握了全部人的星座。

眾人後來的舉動全都相同，場面顯得十分滑稽。每個人都不願透露自己的星座，但又都想得知對方的星座。這種想法十分自私，但從他們身處的立場來想，也是不難理解。總之想盡快將其他十一人的星座弄個明白，把繼承者的名字一一填進去，完成黃道十二宮圖。目的自然各有不同，有些人是為了自保，有些人則是別有居心，但這應該是所有人眼前的目標了。

這種時刻，大家都不禁特別關注美咲紀，有好幾個人都想到，她從以前就對幸子的占卜很有興趣，對占星術自然也相當熟悉，就算她掌握了所有人的星座也不足為奇。

「除了一部分人外，其他我不曉得。」

但美咲紀立刻撇清，最後那場聚會就在毫無進展的情況下結束了。

儘管如此，安正和將司好像仍然不相信美咲紀的話，悠真曾經親眼撞見他們兩個偷偷跑去她房間，搞不好也還有別人曾私下找她問話。

昨天晚餐十分難得地全員到齊，想必是由於大家都心懷不安吧？仔細觀察每一個人，看來是沒人從美咲紀那問出個所以然來，因此吃晚餐時，他們仍舊不停相互套話。實在是太諷刺了，這可能是大面家人第一次跟彼此講這麼多話。

其中引發眾人討論的是，藉著確認他人戶籍得知每個人生日的方式。

「不過現在不是都很保護個資嗎？」

啓太心存懷疑，真理亞則一副這不是問題的表情說：

「這是申請家人的戶籍謄本，應該沒什麼問題啦。」

「比起這個，麻煩的是——」

真理子接著說。

「到四十九日忌結束之前，我們都出不去呀。」

「不能出去，根本就去不了區公所。」

安正發著牢騷，對著空氣發問：

「那個規定是指一步都不能踏出這棟宅邸嗎？」

「應該只要還在大面家土地內就沒關係吧？」

啓太出聲回答時，視線瞄向博典。後者低垂著頭，但似乎是察覺到啓太的視線。

「如果有特殊情況，好像只要由久能律師事務所平常合作的某個調查公司員工陪同，就可以出去。」

博典說明外出條件時，沒有看向任何人。他平時極為內向，表演魔術時個性卻會完全變一個人，相當有意思。

「真的是應該平常就跟律師打好關係呢。」

聽到將司的諷刺，安正皮笑肉不笑地望向博典說：

「去區公所申請家人的戶籍謄本能算特殊情況嗎？」

不過博典只是低垂著頭，一言不發。所以他就將視線轉向啓太。

「久能律師問你理由時，如果跟他說是為了完成黃道十二宮，他肯定不會答應的。」

「我想也是啦。」

「不過要編出其他合理的藉口也很困難。」

「是呀。」

此時，安正突然想到什麼似地。

「你裝作要去大學上課，然後偷偷跑去區公所——」

「不可能。」

啓太不等其他人幫腔，就立刻否決這個想法。

「我現在休學中，這個理由絕對過不了關。」

「就跟他說你又復學了——」

「你覺得那個律師會相信這種招數嗎？」

安正被堵得無話可回，啓太神情認真地開口。

「我有一個提議。我認為我們應該好好利用——沒有人曉得全部人星座這個情況。」

「怎麼利用？」

「啓太的意思是，只要沒辦法完成黃道十二宮，也就不會有人輕舉妄動吧？」

安正反問。然而開口回答的，出乎意料地居然是太津朗。

「那我想請教一下這位將來的大作家，你所謂的輕舉妄動是指什麼？」

面對安正的揶揄，太津朗冷冷地回：

「在確認過究竟誰過世能替自己帶來好處之後，讓那些繼承者消失在這個世界上——這種邪惡的行為。」

「遺產繼承殺人案……嗎？」

博典低聲脫口而出。回想起來，平日惜字如金的太津朗和博典，是從第二份遺囑公布之後，才開始變得多話。

「我還以為你要講什麼咧。」

但安正用稀鬆平常的語氣說：

「要是殺了會讓自己獲得遺產的對象，第一個就會遭到懷疑吧？哪有人會蠢到去做這種事？」

「在普通情況下，的確是像你說的那樣吧。」

聽到真理亞意有所指的發言，安正激動反問：

「妳這句話是什麼意思？」

「就是指社會上一般的，是說我也不曉得何謂一般啦，稍微有點錢的富裕人家在繼承遺產時的情況。也就是說，那個金額不足以促使情況發展到殺人的程度。」

「我們家就不同了呢。」

毫不意外地，真理子接著幫腔。

「金額太大了，即使有人萌生……我想要，就算得殺掉其他繼承者我還是想要……這種念頭也不足為奇呀。」

「更何況還加上義母那些嚇死人的條件。」

真理亞指的自然是最後的那項條款。

只要七七日忌、百日忌、周年忌、三回忌、七回忌、十三回忌之間有人過世，依據黃道十二宮的角度推算，就會有特定人選能夠獲得悠真財產的幾分之一，這種瘋狂的規則。

「話說回來，像第二份遺囑這種內容，真的會有效力嗎……？」

早百合自言自語般地提出疑問。

「應該沒問題吧。」

太津朗回答的同時，眼睛望向博典。後者語帶遲疑地發表自己的意見。

「在倫理道德上的確是有一些模糊之處，但實際上內容並沒有觸法。義母她應該是判斷，律師能夠掌控所有情況吧。」

或許他曾經從久能口中聽過類似的資訊。

「既然有些地方很模糊——」

將司露出不懷好意的表情對安正說：

「如果我們告上法院，主張那份遺囑無效呢？」

「跟律師打對台嗎？」

聽到安正的反問，將司馬上說：

「就說所有繼承者都無法接受這種內容……」

安正的表情一瞬間亮了起來，旋即又立刻黯淡下去。

「我們大家有可能團結嗎？」

安正講這句話時，他和將司同時看向悠真。

「而且呀，你真的認為我們可以贏過那個身經百戰的老狐狸律師嗎？他早就看穿我們這邊會有的小動作了啦。就像未來的大魔術師剛剛說的，就算發生什麼問題，那個律師肯定也早就準備好應對方法了。第二封遺囑絕對是在擬好這些對策的前提下寫成的。」

「你是說裡頭並非只有義母的意思嗎？」

對於將司的提問，安正回答：

「遺囑本身當然是照幸子大姊的想法吧。但要是一般律師，應該會極力勸她放棄那種瘋狂的遺言吧？可是久能不僅接受了，還真的想要認真執行。那傢伙可是打算繼承大面幸子超乎常理的瘋狂遺志。」

「不管怎樣——」

啓太像是替這場談話作結，開口說道：

「可以肯定的是，像我們這種不知世事的溫室花朵就算團結起來，也絕對不是他的對手。」

「不要把我跟還是學生的你混為一談。」

安正立刻發火，但無論誰來看，都會認為啓太還比他要可靠。

「所以咧，啓太的提議要怎麼樣？」

真理子將話題拉回正軌，安正依舊氣憤地說：

「所以我不是說了嗎？就算事關龐大遺產，但既然自己有極高風險被逮，到底有誰會蠢到因此殺人？」

從另一個角度來解讀他這句話，似乎是如果不必擔心被逮，殺人也無所謂。

「那就定案囉。」

真理亞環顧眾人。

「既然沒有人需要擔心被殺，那就沒有必要知道黃道十二宮的每個位置究竟是代表誰，所以我們就接受啓太的——」

「等一下，事情沒有那麼單純。」

安正強硬地打斷她。

「悠真繼承的龐大財產也牽涉其中喔。」

「那是有人過世的情況下吧？」

「妳能保證不會有人過世嗎？」

「你在說什麼啊？」

「妳聽好，舉例來說——」

兩人你一言我一語，互不相讓地爭辯時——

「如果有第一個人過世，應該是在四十九日前……」

一道極為陰森的聲音輕輕吐出這句話。所有人都左右張望，卻找不出到底是誰講的。

「……義母？」

聽到美咲紀的話，真理亞驀地全身一震，隨即生氣喝斥：

「妳講這什麼蠢話。」

同時露出畏怯的神色環顧餐廳各處。

「等等，剛剛那是華音說的吧？」

真理子的語氣像是逮到重大罪犯，她緊緊盯著仍舊和莉音一同沉默用餐的華音。

「華音是妳嗎？」

出聲確認的真理亞，語氣透著不耐。

文靜又存在感薄弱，平常總讓人猜不透她們在想什麼的華音和莉音，身處不像一家人的大面家中，恐怕也算是特別突兀的存在。雖說整個家族的成員如同一盤散沙，但既然一起住久了，還是會產生一些微妙的關係，就像悠真和初香、悠真和啓太、安正和將司、真理亞和真理子、太津朗和博典這樣。或許還有美咲紀和幸子、早百合和花守、博典和久能也能算在內。然而就只有華音和莉音這兩個人是例外。因為幾乎所有人都覺得她們兩姊妹有點詭異。

「不要嚇唬我們啦。」

真理亞的語氣雖然輕鬆，但是她的表情透露出，她絕對饒不過華音。只是現在可不是在她身上浪費力氣的時候，她重新回到原來話題。

「的確這會和悠真的財產有關，但是那和完成黃道十二宮……沒有關係吧？」

她的語氣會略帶遲疑，當然是因為兩者實際上就是脫不了關係。真理亞立刻接下去補充，似乎是想要搶在有人反駁之前先發言。

「安正叔叔你剛剛也說，沒有人會去冒這種險，那麼黃道十二宮的必要性就消失了吧？」

「的確。」

安正在表示同意後，又慢條斯理地說：

「舉個例來說好了，假設我們知道如果華音過世，她的遺產會分給我跟妳兩個人，而且又突然想到能夠讓她看起來像是意外死亡的方法，那事情會變怎樣呢？」

「咦……？」

聽到安正的問題後，內心大幅動搖的人，似乎不只有真理亞一個。每個人都在思考相位組合的各種可能性……這般邪惡氣息頓時在餐廳中蔓延開來。

「到頭來——」

安正暫停了一會兒，對啓太說：

「久能看起來並沒有打算要將完成的黃道十二宮發給大家，這樣的話，接下來要怎麼做就是每個人的自由吧？看是要積極收集情報，自己想辦法完成黃道十二宮；還是什麼也不做，一切順其自然呢？這讓大家自己決定不就好了？」

晚餐時的討論就到此為止。或許是因為即使無法認同安正最後那段話，眾人也認為眼前沒有其他辦法。

悠真從頭到尾幾乎不發一語，不曾發表意見，雖然他其實有話想說。

繼承者之間互相懷疑猜忌，這正是幸子的目的不是嗎？她就是希望情況如此發展，才會留下那種惡劣的遺囑不是嗎？

但悠真忍住開口的衝動。就算他沒特別點出來，大家心裡肯定也都清楚，只是刻意避開這個話題罷了。

即使情感淡薄，但是異母姊姊或異母居然留下那種遺囑，她居然這樣對待自己的家人？這實在是太恐怖了。但由於內容過於駭人，讓人不禁遲疑是否要說出口，才會所有人都一個字也不提。

悠真還在回想昨晚的談話，卻已經到了該出門的時間，他慌慌張張地拿起包包，朝正面玄關走去。以往不管有沒有一起吃早餐，初香通常都會送他出門，然而今天卻還沒看到她人。

昨天晚餐過後，眾人雖然各自散去，但難得一見地分成幾組人馬聚在一塊兒。有兩個人留在餐廳，三人待在圖書室，兩人待在大廳，分別針對那封遺囑聊到很晚的樣子。只有悠真、華音和莉音這三人沒有加入討論。

她還在睡嗎？

平常嫌她管東管西很煩人，結果現在她沒來送自己上學，又突然覺得有點孤單。

我也真是夠自我的。

悠真自嘲般地笑了笑，走出宅邸大門。

從這裡徒步走到國中，大概要花上半個小時。悠真雖然想騎腳踏車上下學，但是校規禁止，他也想過請校方特別通融，可是這所學校在校規執行上特別嚴格，根本沒有可能同意。

有時候前一晚熬夜，走這段路就會特別難熬。不過今天早上可不同，他對於能去學校這件事，打從心底感到開心。這當然不是因為他在學校交了女友，或是想和朋友碰面，也不是因為喜歡上課。

而是因為可以不用待在這個家裡——

僅僅是出於這個原因罷了。自從遺囑公布之後，即使宅邸很大，和其他家人一起生活，還是讓他感到十分不自在，而他也沒有心情出門。話說回來，到四十九日忌結束之前都禁止外出。

可以去學校真是太好了。

悠真本人都難以置信，自己居然有一天會這樣想。不過對他來說，今天可以去上學應該會是最好的轉換心情方式。

班上同學多半都曉得悠真家裡的事，所以肯定沒有人會探問葬禮的事情。就算真有這種不識相的傢伙，也僅限於一小部分人，他能毫無顧忌地忽視他們。這樣一來，至少待在學校時，都不用去考慮那份遺囑。

悠真好久沒體會到這種清爽放鬆的心境了。早晨新鮮的空氣，又讓他更加渾身舒暢。

不過好時光並沒有持續太久。才走離宅邸正門沒幾公尺，一股簡直像漫步在幽暗森林中的詭譎氣氛就突然包圍住他。

從大面家到學校的路上，大約有三分之二路段都是與森林沒兩樣的綠地。雖然有整理出一條讓汽車通行的道路，但鮮少真的有車經過，也難得看到路人。因為雖然沒有蓋出矮牆或柵欄，但這一帶全都是大面家的土地。

走出這座奇妙的森林，就會看到零星散布的民宅，再往前走一小段路就會到達住宅區。只要通過那裡，學校就近在眼前。因此無論是上學或放學回家，能和朋友一塊兒走的路程頂多只到住宅區邊緣，剩下都只有他自己一人。

話雖如此，沿路上春季有明亮鮮嫩的綠意，夏日有樹蔭帶來的清涼，秋天有豔麗魅人的楓葉，因此他並不會討厭這座森林，反而很享受獨自漫步其中的悠閒舒適。

只有冬季不同。首先，葉片落盡的枯樹顯得十分寂寥。平常上學時從枝葉縫隙射下來的陽光總是刺眼逼人，此刻卻一片幽暗，加上當地特有的晨霧，四周顯得相當沉鬱。而放學時，傍晚餘暉落盡，四處黑影盤踞，再搭上寒冬枯枝的蕭條冷清，讓原本的愜意搖身一變成為讓人心底發毛的恐怖感受。

悠真已經是國中生了，自然不會因此就感到害怕，但他內心偶爾會突然閃過某種感覺。

……總覺得不太對勁。

結果那天他也受困於這種感受，加上縈繞四周的晨霧，更加劇了讓人膽寒的氛圍。他有種強烈的預感，如果繼續往前走，就會發生不得了的事情，自己將會被捲進無可挽回的局面中。

原本就已經十分昏暗的道路，現在看起來更為陰鬱。好像即使走在這條路上，還是到不了學校，而會走到其他地方。或是乳白色的晨霧將會吞沒他，將他帶去別的空間。

悠真不禁放慢腳步，正想改變心意走回宅邸的時候。

……咦？

他發現彎道前方的樹蔭下，一台轎車彷彿要避人耳目般地停在那裡。

那輛車是……？

他還看不清楚那台車的外觀，但應該是大面家某個人的車吧。

不過，為什麼會在那裡……？

他半是好奇半是警戒地慢慢走近，突然後頸傳來一陣刺痛。

啊……

他正想回過頭時，意識已經飄然遠去，那瞬間恐懼占滿了他的內心。

我會掉下去……

他覺得自己正往沒有絲毫光線的無邊地獄直直摔下，朝著那個再也爬不上來的地底不停地墜落。

在這種感受之中，他昏了過去。

……

悠真醒過來時，第一個感覺是好冷。全身一陣顫抖後，意識開始慢慢復甦。

悠真試著起身，才發現自己是躺在一張鋪在冷硬地板的薄墊上，身上蓋著毛毯，旁邊也有電暖爐，但空氣極為冰冷，再這樣睡下去他肯定會感冒。

他環顧四周，映入眼簾的東西有好像是出入口的門和另一扇小門，還有木製椅子、桌子、兩個空無一物的書架以及一扇窗戶都沒有的蒼白牆面……剩下就只有他剛剛躺的地方旁邊，有他熟悉的書包跟一個大塑膠包。

他雖然有點在意那個沒見過的塑膠包，但站起身後就立刻朝較大的那扇門走去，伸出手握住門把。

打不開……

似乎是上鎖了，門把根本轉不動。

他連忙試試看較小的那扇門，毫無困難地打開了，但裡頭只是間廁所。

悠真在原地呆站了一會兒，完全無法理解自己究竟是遇上了什麼事情。

接著，他膽戰心驚地打開塑膠包，發現裡面有瓶裝水和罐頭。那個包包似乎是為了災難來臨時預備的防災用品組。

我被關在這裡了……

他的頭腦終於開始能夠運轉。

監禁。

這兩個字浮現在腦海的瞬間，他立刻伸手想要拿手機，卻想起手機放在家裡沒帶在身上。

校規嚴格禁止大家帶手機到學校，雖然也曾有人偷偷帶去，但被老師發現後沒收了一個月都沒歸還。因為真的有人受到這等嚴厲教訓，大家也只好勉為其難地忍耐著。他也不例外。

怎麼辦……？

理解到自己身處的情況後，他忍不住開始發抖。不過這次並非由於天氣寒冷，毫無疑問地是出於恐懼。

……我被綁架了嗎？

他正想要思索理由卻立刻打住。因為他發現那可是跟自身生死有關的問題，不由得害怕起來。

不，或許不只是我的問題而已……

正如悠真所料，此刻，圍繞著大面家遺產繼承而生的離奇連續殺人案件，正要揭開序幕。

八　內與外（一）

悠真徹底地檢查了一遍這間房間。

首先是較大的那扇木門，外觀老舊，如果用身體猛烈撞擊應該可以撞開吧？但他實際用雙手觸摸後，發現這個可能性微乎極微，至少也需要用上斧頭劈砍。就算想把鎖頭撬開，房內也沒有鐵絲或任何可用之物。即使真的有工具，毫無相關經驗的他有沒有辦法開鎖還是個問題。

他接著檢查廁所，發現裡頭有個換氣扇。不過就算把換氣扇拆下來，他也塞不進那個洞裡。順帶一提，在房內的牆上高處也有個通風口，但也一樣太小，他根本不可能爬過去。

桌子沒有抽屜，兩個書架空無一物，這一眼就能明瞭，根本不需確認。為了保險起見，他也看過防災用品組裡面，但包包內除了水和食物，就只有一個小型手電筒和收音機。這兩個東西在停電時或許是能緩解寂寞的重要道具，但對於逃出這裡沒有任何幫助。

話說回來，這裡到底是哪裡呀？

感覺像是住商混合大樓的地下室。這樣一來，是在東京都內嗎？只要願意花時間找，沒人住的老舊大樓應該多得是。

對方是用那台車把我載來的吧？

在森林中看見的那台車，忽地浮現於腦海之中。那個地點鮮少有車輛經過，更何況那台車停的位置，他從來也沒看過有車停在那裡，而且感覺還有點眼熟，那之後又突然感到後頸一陣刺痛而失去意識。從以上情況來推想，那輛車顯然非常可疑。

不過這樣一來……

綁架悠真的犯人，就是大面家的某個成員了。不，就算沒有車子這條線索，會在這個時間點綁架他的，應該也只有那些繼承者了吧，因為外界根本還沒任何人曉得他繼承了一半遺產的事。

綁架犯應該是趁悠真還在夢鄉時，就悄悄將車子開到那條森林的路上，並在車內等了一陣子。接著算準他要上學的時間，走出車外藏身於樹蔭裡。綁架犯肯定是經過計算，在悠真從宅邸走過來時剛好會注意到汽車的位置那附近挑了一棵大樹。然後，趁著前方汽車吸引了他的注意力時，向他施打麻醉藥，再將他搬進車內，一路開往東京都內的大樓。

不，這樣來回一趟會花太多時間吧？

就算大面家的人平常都很晚起，昨晚又熬夜討論，但要是離開宅邸的時間太久還是相當危險。即使沒人發現他綁架了悠真，可只要有人注意到他曾經離開過大面家，就會立刻喪失繼承權。

這樣說來，這裡是茄新市內嗎？就算再遠一點，頂多也是隔壁的摩館市吧？

不過就算知道自己身在何處，也無濟於事。就算知道這間房間上頭有店家，如果沒辦法呼救也沒有任何用處。

悠真正要放棄時，突然轉念覺得或許值得一試。

「喂～～」

他抬頭朝著天花板大聲呼喊。

「喂～～有人在嗎！」

他在喊叫之後，凝神細聽了一會兒，但沒有任何回應傳來。話說回來，要是上面有人能聽到這裡的聲音，那悠真應該也能聽到對方發出的聲響才對。可是這像是地下室的地方，從剛剛開始就一直靜悄悄的。只要他沒發出聲音，空間內就是全然的寂靜。

究竟誰會做出這種事……？

率先躍入腦海的是安正和將司的臉。他也想過兩人搞不好會聯手，不過基本上他們也是各自為政，這個形容詞放在剩下十人身上也適用。因此至少能先肯定是單獨犯案。

安正，或將司。

儘管如此，其他十個人絕非可以就此排除在外。只要考慮到第二份遺囑的內容，無論是誰下的手都不奇怪。

動機呢？

綁架通常是想要獲得贖金，但這次情況連想都不用想，原因肯定並非如此。

悠真推理到這裡時，突然注意到某個重大問題。不管這裡是茄新市還是摩館市，這下不是變成他離開大面家了嗎？

換句話說，自己可能已經失去繼承權了……

悠真慌了手腳，滿心著急，在室內不斷來回踱步。但就在他絞盡腦汁思考時，發現或許還有一線希望。

只要他能在傍晚前回到宅邸內……

現在應該還沒有人因為他不在家而起疑，大家都認為他一定是去上學了。當然綁架犯十分清楚真相，但他不可能透露這件事，不然眾人就會知道他也離開過宅邸，那樣他不但會立刻失去繼承權，同時也等於自行招認犯下綁架罪行。

只要能在傍晚前回去……

悠真想確認時間，才發現手錶早已不翼而飛。好像是綁架犯拿走的，這樣一來，他就無法判斷現在是早上、下午、還是傍晚了。

不過現在肚子已經餓了，至少已經不是早上了吧？

悠真驚訝於自己在這種時候居然還會肚子餓，一邊啃起防災用品組中的餅乾，一邊認真思考。

也就是說還有四、五個小時囉？

我必須在這段時間內想辦法逃出這裡，回到宅邸才行。他再次環顧室內，仔細觀察有沒有什麼逃跑的機會。

那個……

沒多久，他的視線停留在大木門上的鉸鏈上。那扇門是往裡面開的，所以鉸鏈出現在室內這側。

他走到門前，發現鉸鏈生鏽得相當厲害，但就算手上有工具，也沒辦法輕易拆下來。不過因為已經十分老舊，看起來倒也不太牢固。

這樣的話……

說不定值得一試。是說，也沒有其他能逃出這裡的方式了。問題是到底要用什麼來鬆開鉸鏈的螺絲呢？這裡既沒有螺絲起子，也沒有其他替代工具。

悠真感到無計可施，仍是將防災用品組和書包徹底翻過一遍，卻沒有找到任何看似能派上用場的東西。他連制服口袋都摸過了，果然還是沒有。還有椅子、桌子、書架，他也都看過了，但只是徒增做白工的沮喪。

沒辦法了嗎……？

正當他想要放棄時，突然想到或許可以用硬幣試試看。他立刻從錢包中取出一枚十元硬幣，抵在鉸鏈的螺絲上頭，使出吃奶的力氣想要轉開它，但螺絲連動也不動。不過在他連續試了好幾次之後，似乎有一點點鬆動。他開始覺得只要自己能堅持下去，或許可以將螺絲鬆開。

可是沒多久手指就開始發疼。十元硬幣太小，給拇指和食指造成的負擔不容小覷。儘管如此他還是忍著痛繼續嘗試，但幾次下來，他痛到再也轉不下去。

好不容易才開始有點進展……

悠真背倚著門，癱坐在地上。雖然也可以等手指不疼再繼續嘗試，但那樣太浪費時間了。他一定要找到硬幣的替代用品，可要是有那種東西，他一開始就拿來用了。

只能放棄嗎……？

他再度快要灰心時，眼睛突然瞄到廁所的門。他不抱任何期待地往裡頭一看，卻注意到某樣東西，頓時振奮起來。

這個可以用。

他從牆上取下了廁所衛生紙架。那上頭的彎曲金屬薄板，略帶弧度的彎角看起來剛好可以塞進螺絲的上頭，而且大小還正好可以用兩手抓著轉。

他連忙嘗試將新工具用在門邊鉸鏈上，發現這比十元硬幣好用幾十倍。

搞不好真的可行。

他懷抱著些微希望，正打算再度挑戰鬆開鉸鏈螺絲這個考驗毅力的任務時。

咚、咚。

眼前這扇門上突然傳來了敲門聲。

「不覺得悠真真的有點慢嗎？」

初香已經不曉得是第幾次朝著眾人問這個問題了。

他們所在的位置是大面家的餐廳，時間是七點過後。除了初香之外，圍坐在大餐桌旁的人還有毫無血緣關係的姪女真理亞及外甥博典，和異母兄姊真理子與太津朗四人。安正、將司跟早百合早在六點多就已經吃完晚餐，啓太、美咲紀、還有華音莉音則似乎還沒吃。

「這樣嗎？」

真理亞回答的語氣不帶任何情感，還隱隱透著不耐，彷彿在叫初香不要一直問同一個問題。

但是初香完全沒有察覺到真理亞的想法。

「都已經七點多了喔，這個年紀的孩子早該肚子餓回到家了吧。」

「可能是放學路上和朋友去買東西吃了呀。」

「他至今也有幾次這麼晚回來吧？」

真理亞不假思索地回覆，真理子立刻幫腔。

「……是這樣沒錯。」

「那就沒問題啦。只有今天晚上擔心成這樣不是很奇怪嗎？」

一瞬間，初香看起來無可辯駁，但接著她又神色僵硬、擔心地說：

「可是，昨天我們才聽過那些事……不是嗎？」

聽了她的話，在場所有人都想起第二封遺囑的內容。

「你該不會是擔心他被綁架了吧？」

太津朗半開玩笑地說，不過——

「……你、你說什麼！」

初香受驚嚇的程度遠遠超乎預期，所以他連忙澄清：

「我當、當然只是開玩笑啦。」

不過她原本就繃緊的臉，現在更是毫無血色。

「拜託，你嚇她要幹嘛啦。」

真理子忍不住向太津朗抱怨，又轉頭安撫初香說「肯定沒事啦」。同時，真理亞對太津朗使眼色，像是在告訴他「不用理她」。

「綁、綁架……」

初香似乎無法從驚嚇中恢復，口中喃喃覆述這兩個字。真理亞看到她的反應，不禁皺起眉頭，覺得她實在過於大驚小怪，所以這次換真理子用眼神責備她。

「我想應該不會發生這種事。」

原本獨自安靜用餐的博典突然插話。

「為什麼？」

真理亞反問。他則自信地說：

「悠真確實從義母那裡繼承了為數龐大的一半財產，但社會上還沒人知道這件事。換句話說，綁架勒索贖金這種事情，絕對不可能發生。」

「啊，原來如此。」

「聽你這麼一講，的確有理。」

真理亞和真理子接受了這個想法，但太津朗則低聲反駁：

「目的不只有贖金一種可能。」

「咦？」

「什麼意思？」

兩人疑惑地側著頭。相反地，博典似乎聽懂了，驀地倒抽一口涼氣。

「你是指，也就是說……」

初香雖然隱約察覺到話中含意，但她話說到一半就不再作聲，簡直像是害怕確認那句話真正的意思一樣。

後來晚餐桌上瀰漫著一股不自然的安靜。就連真理亞和真理子也一語不發，兩人在心中暗自盤算，雖然想向太津朗問清楚那句話到底什麼意思，但又擔心初香會因此繼續吵鬧不休，最後還是決定作罷。

過了一會兒，華音和莉音兩姊妹進到餐廳，所有人就開始集中精神吃晚餐。然後又一個接著一個，用完餐離開餐廳。

指針過了八點，又過了九點，悠真還是沒有回來。事已至此，就連初香之外那些平常不會在意的大面家人也開始有些騷動不安。不知不覺中，極為難得一見地，所有人都齊聚在大廳裡。

「要打電話問學校嗎？」

啓太提議，不過安正持反對意見。

「還不曉得到底發生了什麼事就把事情搞大，這樣不太好吧。」

「至少先確認他有沒有去學──」

「要是他沒去，就換學校問我們話了。」

真理亞突然想到什麼似地，急忙詢問初香：

「妳有悠真朋友的聯絡方式嗎？」

「……沒有。」

初香十分尷尬地搖搖頭。

「反正不過是假裝媽媽的扮家家酒而已。」

將司諷刺地說。真理子和早百合都對他這句話深感不滿，但每個人確實都有同樣想法。

「話說回來，在社會上的一般家庭裡──」

安正問女性們：

「如果一個國中生過了晚上九點還沒回家，會是個問題嗎？」

早該有人想到這個問題，不過因為在場沒人結過婚，所以或許也是沒辦法的事。

因此，回答這個問題的人也是和悠真年紀最為相近的啓太。

「如果是去補習就還好，但如果不是補習，應該還是會有問題吧。」

「那小子咧？」

初香出聲回答：

「他沒有去補習，也沒有加入運動社團。但是他不僅成績優秀，運動神經似乎也很出色。」

不忘趁機讚美悠真，實在非常像她會做的事。

「有可能是離家出走嗎？」

早百合小心翼翼地提出問題，太津朗接著說：

「他收到這麼一大筆遺產，又得知關於遺產的離奇條件，內心突然感到害怕而離開家——這倒是有可能吧。」

不過將司對這個想法嗤之以鼻。

「那個貪心鬼才不可能這樣做。」

「你似乎是很討厭悠真，可是——」

初香立刻情緒激動地說：

「你到底了解他什麼？」

「這種事我第一眼看到他就知道了啦。」

「少騙人。」

「我才沒騙妳。」

「喂喂，現在是吵架的時候嗎？」

安正難得介入，讓眾人大感意外。

「那小子現在人在哪裡，身處什麼狀態，接下來會變成怎樣，跟我們可不是毫無關係喔。」

聽完整句話才發現，結果他似乎只是在擔心遺產。因為第二份遺囑中有註明遺產的分配方式會因悠真的死活而改變。

「啊，如果……」

將司突然開口，語調裡透露出興奮之情。

「那小子到了學校以外的地方，那麼不就違反了不能離開這棟宅邸的遺囑條件，會喪失繼承權嗎？」

「這也是一點。」

安正像在演戲般誇張地點點頭。

「總而言之，我們身為繼承者是有必要找出悠真的行蹤，只是他可能也有他自己的苦衷。不如先看看情況，等到明天再處理如何？」

「不報警嗎？」

「不先通報失蹤嗎？」

安正聽到啓太和真理亞的追問後，一副就要發火的模樣，但他極力按捺住脾氣說：

「所以我不是說了，也要考慮到他可能有自己的理由呀。」

他的態度一副就是，自己選擇這個方法是為了悠真著想，但每個人心中都再清楚不過。

悠真雖然可以去上學，但不能一整天都沒有回來。只要違反這條規則，立刻就會喪失繼承權。

安正是想要提高悠真觸犯這條規則的可能性。只要等到明天早上，悠真離開這棟宅邸就過了二十四小時。在那之前，他根本沒有打算要採取任何行動。

接下來眾人仍然持續討論，但並沒有人打算積極連絡警方，只是有一搭沒一搭地空談著。過沒多久，就開始一個接一個脫離談話，等回過神來，每個人都已經各自做著自己的事，就像是平常的夜晚模樣。

時間更晚後，越來越多人準備離開就寢，初香也是其中一人。她洗完臉，打算回到自己房間，雙腳卻莫名朝著悠真房間走去。

我為什麼……？

突然想去他房間呢？初香疑惑地側著頭。當然她十分清楚悠真並不在裡頭，去了也只會看到空蕩蕩的床鋪。

對了。一定是有什麼能對他有幫助的東西……

她想到這點，身子正彎過走廊轉角時，初香的心臟幾乎都要停止了。

她看到悠真房間的門正慢慢地闔上。

有人進了他房間嗎？

但誰會……？

究竟是為了什麼？

她躡手躡腳走近門前，悄悄旋轉門把，沒有發出任何聲響地將門打開，俐落地進到房內。

房裡一片黑暗，她什麼都看不見。即使側耳傾聽，也沒有聽見任何聲響。她想探尋是否有人在的氣息，但是也沒有感覺到任何動靜。

是我看錯了……？

她用手摸索門邊，找到電燈開關，正想要打開的時候。

前方的黑暗中，有什麼東西在蠢蠢欲動。

她立刻聚精會神地凝視那個方向，但依舊難以辨認，只感覺好像有什麼和這片漆黑相同的全黑物體正蠢動著。

在猶豫了一秒鐘之後，她一鼓作氣打開電燈。

就在距離她短短一公尺的前方，有個穿著連帽黑衣的人站在那裡。他的臉被帽兜遮住了看不清楚，但顯而易見地，對方正盯著她瞧。

「……是、是、是義母嗎？」

初香也覺得自己現在講的話很蠢，但仍是無法克制地衝口而出。

不過那個黑衣人沒有任何回應，只是從漆黑帽兜的深處，緊緊地盯著初香。

「……不、不要。」

初香感到危險，正想要逃走的時候。

啪。

從黑衣中，有什麼紅黑色的小東西掉落在地板上。

那個是……

在初香認出那個東西之前，

啪、啪、啪、啪、啪、啪、啪。

接連不斷地有相同的東西落下來，立刻蓋滿整面地板。

那個，該不會是……？

她終於發現那東西的真面目時——

沙沙、沙沙、沙沙、沙沙、沙沙、沙沙、沙沙、沙沙。

整群紅黑色小東西全都朝著她逼近，轉眼間就從她的腳爬上她的頭頂。

是蠍子。

一大群蠍子立刻爬滿初香全身，遠遠看來就像一個人形的蠍群。接著，初香的手腳、胸部、腹部、屁股、後頸、臉頰，幾乎全身都傳來劇烈的疼痛，她發出如動物般的哀嚎。

在短短幾秒內就受了致命傷的她，是十一月出生的天蠍座。

九　委託人

俊一郎在棺材模樣的長型箱子擺上一個十元硬幣，隨著唧地一聲，吸血鬼從棺材中伸出一隻手，拿起那個十元硬幣，又將手縮了回去。這個存錢筒設計成這樣的機關。

弦矢俊一郎再放上一個新的十元硬幣，虎斑貓小俊雙眼圓睜緊緊盯著硬幣看。吸血鬼慢慢伸出單手，正要取走那個十元硬幣時，小俊也立刻伸出前腳，打算趕在對方之前搶走那枚硬幣。不過牠總是慢了一步，只能眼睜睜看著硬幣消失在棺材中。

只要在唧的聲音響起時，立刻伸出前腳就好了呀。

俊一郎在心中嘀咕，不過他沒有告訴小俊，因為光是現在這樣牠看起來就很開心了，不，該說是感到十分不可思議吧。

吸血鬼手拿硬幣縮進去後，小俊會用貓掌輕輕地拍打棺材，再歪著頭湊近窺視那個小洞，似乎是以為有人躲在那個小小的棺材裡面吧。

牠現在的模樣，就是隻普通的貓咪。

不過，小俊至今在俊一郎以死相學偵探身分活動時，好幾次展現出不可思議的能力，從旁協助他解決困境。雖然牠確實從以前就是一隻奇怪的貓，但是開始發揮這種特異能力，是從俊一郎離開位於奈良的外公外婆家來到東京，在神保町的產土大樓開設「弦矢俊一郎偵探事務所」之後的事吧。

這傢伙真的是隻妖貓吧？

俊一郎再度凝視著小俊。

喵～

小俊像是在催他快點放下一枚硬幣般地叫了一聲，光是這樣就夠讓人惱火了……

「你看啦，小俊喵等好久了喔。」

曲矢亞弓又在旁邊催促，俊一郎像小孩一樣立刻感到不耐煩。

「我再問一次，妳到底為什麼會在這裡？」

「我當然是來玩的不是嗎？」

亞弓雖感詫異，但仍是認真作答，反倒讓俊一郎接不下去。

「啊，不過我有乖乖帶教科書和參考書來喔。」

亞弓就讀護理學校，課業似乎十分繁重，要學習的科目很多，因此她養成了隨時隨地都能念書的習慣。雖然相當佩服她，不過這和俊一郎沒有任何關係。

俊一郎已經跟她這樣講過好幾次了，但她總是千篇一律地回答：

「因為哥哥平常受你關照，所以我希望能夠盡量幫上忙，而且小俊喵跟我說——再來玩喔。」

亞弓的哥哥是轄區刑警，兩人是在俊一郎首次以偵探身分調查入谷家連續離奇死亡案件時結下這段孽緣的。當初兩個人之間的關係十分緊張，不過現在各自都在內心認同彼此。儘管如此，他們就算嘴巴裂了也絕不可能告訴對方這件事。

那之後他們也屢次在重大案件中碰頭，過沒多久，警視廳在確認這些離奇案件背後必定有一個稱為「黑術師」的謎樣人物存在後，隨即設立了極其機密的專屬搜查部門——通稱「黑搜課」——曲矢就被借調到那裡。

「我就是你的保母啦。」

本人的說法是如此。因為不曉得是什麼原因，黑術師在暗地裡操控引發的案件，總是會將俊一郎捲入其中。不，理由相當清楚。

這都是因為他能看到別人身上出現的死相……

由於這份特殊能力，俊一郎屢次負責警方無力單獨調查的黑術師相關案件。

在背後協助他的則是，住在奈良杏羅町當靈媒的外婆弦矢愛——信徒們都稱她為「愛染老師」——還有撰寫內容驚悚恐怖的怪奇幻想小說的作家外公弦矢駿作——同時也有在寫《死相學》這本大部頭研究書籍——這兩個人和虎斑貓小俊。

不過小俊認為自己的名字是「小俊喵」，所以有時候光叫「小俊」，牠是不會理睬的。可俊一郎也成年了，小俊喵這三個字他實在叫不出口，一人一貓過去因為這個稱呼方式經常展開攻防大戰，不過自從亞弓開始進出事務所後，爭執就完全平息。因為她總是情感充沛又開朗地大聲叫牠「小俊喵！」

這傢伙，只要人家疼愛自己，根本誰都好嘛。

俊一郎再度盯著小俊瞧。

喵嗚喵嗚。

快點擺上十元硬幣啦！小俊要求的叫聲變得更為激動。

叩、叩。

此時，事務所門上傳來敲門聲。

「啊，是約好的委託人。」

俊一郎看到牆上時鐘已經指著下午一點半，不禁慌張起來，亞弓見狀立刻站起身，用右手抱起一臉寫著「不能玩了嗎……？」的失落小俊，左手抓住棺材形狀的存錢筒，瞬間走進最裡頭的房間。

她好像很熟練耶。

俊一郎不曉得這是不是一件值得慶幸的事，心情複雜地朝著走廊出聲：

「請進。」

門開了，進來的是一位年紀約莫七十五歲，打扮合宜的老紳士。

「我姓久能，是今天早上打過電話的那位律師。」

對方自我介紹後就取出推薦信，俊一郎先比手勢請律師在客人用的沙發坐下，才開口說：

「請讓我看一下。」

接著他拆開信封，不慌不忙地確認裡頭內容。如果是以前的他，肯定會默不作聲地接下信，放對方呆站在原地就當場讀了起來吧。

因為擁有看見他人死相的特殊能力，從小就有許多人辱罵他「妖怪」、「惡魔之子」、「死神」，讓他留下許多痛苦回憶。因此長大後，他明顯缺乏與人溝通的能力。在外婆家生活時，這個特質不會造成什麼問題，但是外公擔心他這樣下去無法成長，因此勸他來東京開偵探事務所，認為這會是最有效的心靈復健方式。

一切就如外公所預料的。在接待年齡職業性格都不同的各種委託人，並且著手調查一件件案子的過程中，他開始極為緩慢地累積社交能力，至少現在面對委託人及相關人士時，他已經能正常地與對方交談了。俊一郎也對自己的進步感到十分難以置信。

開設偵探事務所之前，俊一郎能夠毫無顧忌暢所欲言的人，就只有外公外婆和小俊而已。可是現在在那個小圈圈中多了曲矢刑警，不知何時就連他妹妹亞弓都算進去了。一年前的他，想必難以想像到今天這個局面。

「這樣就可以了。」

俊一郎確認完介紹信，正打算切入主題的時候——

「呦！」

事務所的門突然開了，曲矢刑警從門後現身。

「你不會敲門喔？我每次都要講一遍——」

「你這樣說好像我們很不熟似的。」

「是不熟吧。」

曲矢毫不遲疑地往沙發上一坐，突然起疑似地問：

「你該不會是對亞弓出手——」

「你在講什麼呀。」

「明明我們早就熟得要命了，你卻因為想要掩飾這件事所以才——」

「不熟這兩個字是你先講的。」

「不要說這種話啦。」

「不，就是你講這種話才會引發問題的。」

「你這混帳，老是講這種莫名其妙的話——」

「講這種莫名其妙的話的人是你吧！」

久能面不改色地望著兩人鬥嘴，冷靜地開口問俊一郎：

「這位是？」

我們事務所的傭人——俊一郎實在是很想這樣回答，但光是想像曲矢火冒三丈的模樣就覺得麻煩，只好勉強按捺住這個衝動。

沒想到曲矢說出了令人吃驚的話。

「你是大面家的顧問律師久能先生吧？」

「是的，不過……」

久能大為詫異，他轉頭望向俊一郎，臉上寫滿問號，像在問他「這是怎麼回事」。

「你到底是……」

俊一郎開口詢問，但是曲矢無視他的問題，逕自往下說：

「昨天晚上，大面家有人過世了。」

「……是的。」

久能遲疑地回答。

「死因是心臟衰竭，但是不僅發生得非常突然，臨死前的情況也相當令人費解。」

「為什麼您會知道呢？」

久能警戒起來，曲矢對他出示警察手冊。

「啊，原來是警察呀。可是就算是這樣，為什麼……？」

「全國的離奇死亡消息，都會傳進我所隸屬的部門裡。」

曲矢所說的那個部門，就是警視廳內部祕密設立的黑搜課。他們會打探離奇死亡的消息，肯定是為了調查黑術師是否有牽連其中吧。

「所以我們也立刻就知曉大面家發生的事。通常是不會那麼早採取行動啦，但這次除了離奇死亡，我們還獲得了不容忽視的情報，說大面家的顧問律師要過來這裡，我們認為，這下肯定是發生了什麼奇特情況——」

曲矢原本是面朝久能解釋，不過最後轉向俊一郎。

「意思是，新恒命令我來的啦。」

用平常的語調作結。順帶一提，新恒指的是黑搜課負責人新恒警部。

你不會一開始就講清楚喔——俊一郎雖然很想吐嘈他，但這樣會將話題扯遠，只好打消此念。

「原來如此，那我就明白為何會在這遇見刑警。您和這位弦矢偵探似乎也相熟，事情就更說得通了。」

久能似乎明白了曲矢出現在此的理由，但仍舊困惑地說：

「但另一方面，我不太能夠理解您剛剛說的話……」

「啊，這個也是自然。」

曲矢一本正經地點了點頭，對俊一郎提議：

「現在應該先說明黑術師的事比較好吧？」

「說的也是。」

「那……」

「嗯？」

「所以囉。」

「我、我來說嗎？」

「這也算是偵探的工作呀。」

曲矢隨意拋出一個理由，接著就毫不客氣地往沙發後背舒舒服服地靠上去。

這正是黑搜課的工作才對吧！

俊一郎在心中暗罵，但還是開始說明有關黑術師的事情，他不能再在委託人面前出更多洋相了——雖說幾乎都是曲矢的錯。俊一郎也成長到有能力顧及一般應對進退的程度了，不過他也可能只是不想繼續跟曲矢耗下去罷了。

黑術師，基本上是個希冀許多人死去的邪惡存在。目前還完全不清楚他的真面目，但唯一能夠肯定的是，他操縱咒術的能力十分厲害，會利用各式各樣的咒術殺人。不過呢，引發從未見過的大災害、誘發嚴重意外、執行隨機殺人——這類計畫，絕非黑術師會採用的方式。他有興趣的是使用咒術的力量，增強、放大每個人心中都存在的憎恨、忌妒、憤怒、悲傷、恐懼、自憐這類帶著負面能量的情感。所以其實犯下案件的凶手中，有許多人要是當初沒讓黑術師盯上，最後應該不至於會成為雙手染滿鮮血的殺人凶手。

在俊一郎解決了案件，且黑搜課逮捕、偵訊多名凶手後，發現他們都有一個共通點。凶手多半能夠理解自己殺了人，但是缺乏現實感。舉例來說，他們的感覺就像是在自己的妄想中殺人，或是在夢裡宰了對方那種感覺。正因如此，像是某位自稱六蠱的凶手，才能犯下那樁極端殘虐的連續殺人案。

——俊一郎跟久能說明時，會像這樣交雜真實案件在其中，只是半途開始曲矢便頻頻插嘴，讓他不堪其擾。

既然這樣你不會自己來講喔！

好幾次他都差點把這句話說出口，但要是真的講出來，後續肯定一發不可收拾。在委託人面前他希望可以避開這種情況。

可是曲矢這不識相的傢伙，竟然開口抱怨。

「我實在是聽不太下去，你居然說——是你解決案件的？」

俊一郎當然也無法再繼續一味挨打。

「我只是陳述事實。」

「是因為有我從旁協助才能破案吧。」

「並沒有這回事。就算有，那也是黑搜課的協助。」

「你這混帳。」

此刻久能開口說話，聲音聽起來像是終於解開了心中疑惑。

「我現在總算懂了。」

「啊？」

「咦？」

俊一郎和曲矢幾乎同時一臉疑惑地轉向他。

「啊，不好意思有點唐突，但兩位只要聽了我來此的理由，就一定能夠了解。」

久能正打算開始說明委託目的時——

「歡迎。」

亞弓開朗地從裡頭走出來，兩手托著托盤，上面放著三杯咖啡。

嗚哇！妳、妳出來幹嘛呀……

儘管俊一郎下意識別開視線，他依然能感覺到曲矢刑警殺氣騰騰的視線狠狠地射在自己身上。

饒了我吧。

俊一郎拚命裝出一副什麼都不知道的模樣，旁邊的亞弓則開始親切有禮地端上咖啡。

「……喂。」

這時，曲矢低沉威嚴的聲音響起。

「妳為什麼會在這裡？」

「幫忙俊一郎呀。」

她是完全沒發現自己哥哥已經火冒三丈了嗎？還一派輕鬆地回答。

「我的意思就是，為什麼妳要做這種事？」

「因為哥哥平常受人家照顧呀。」

「什麼……」

想要怒吼和想要否認這兩種情緒交雜在一起，曲矢反而好半晌說不出話來。

俊一郎側眼瞧著兩人對話的模樣，不禁竊笑起來。

「而且人家也叫我來玩呢。」

欸……

這下輪到俊一郎說不出話來。他著急地看向曲矢的臉，後者正表情扭曲地瞪著他。

「我、我可沒說。」

「事實都擺在眼前你還否認，也太無恥了吧。」

「不，我真的沒講。」

「除了你以外，你說還有誰可以叫亞弓來這裡玩。」

小俊……俊一郎幾乎就要脫口而出，但拚死忍了下來。或許曲矢也有略為察覺到小俊並非一隻普通的貓咪，不過就算這樣，如果告訴他是小俊邀亞弓來玩的，他肯定不會相信吧，而且肯定還會——

「你這混帳是想把責任推到小俊喵身上嗎！」

像這樣大發雷霆。換言之，事到如今無論怎麼做，俊一郎這個黑鍋都是背定了。

簡直是場惡夢……

俊一郎無奈地望向天花板，曲矢凶神惡煞地瞪著他，亞弓笑請客人喝咖啡，久能一臉滿足品嘗著咖啡。四個人分別呈現四種截然不同的光景。

是說，接下來要怎麼辦……？

這樣搞下去，不管過了多久都沒辦法好好聽委託人講話。如果是其他事情，曲矢應該還是會以工作為優先，但他非常疼愛這位小他很多歲的妹妹，看來眼前情況是無法輕易收拾。

喵～

這時，隨著一聲貓叫，小俊咚咚咚地從裡頭的房間跑出來。

「唔……」

曲矢的臉色立刻變了。其實他很怕貓，雖然這與他強勢凶惡的外貌完全不搭調。光是這樣並不足為奇，但這位刑警真的有點奇怪。他雖然確實不擅長應付貓咪，可另一方面，他又非常喜歡這種毛茸茸的小動物。

他心中想要疼愛牠們的衝動，以及害怕牠們的心情，總是各占一半。對曲矢來說，貓兒就是如此令人矛盾的存在。

只是，自從認識小俊之後，他的這些「症狀」有慢慢在改善。雖然他還沒辦法將小俊抱在懷中或是放在大腿上，但已經勉強可以輕摸小俊的頭了。對他來說，這已經是相當大的進步。

而曲矢現在也是露出既開心又困窘的複雜表情，牢牢地望著小俊。不過小俊只是直直地朝亞弓走去，走到她身旁時——

喵～～喵～～

抬起頭望著她發出抗議的叫聲，似乎是在叫她趕快回去陪自己玩耍。

完全無視我嗎？

俊一郎稍感不滿。雖然說如果小俊纏著他根本就無法工作，所以平常總是希望牠不要來旁邊鬧。但是當情況實際發生在眼前，他仍莫名地覺得有點失落，更何況小俊和亞弓顯得十分要好，更讓他看不順眼。

曲矢和俊一郎陷在各自的思緒中，而亞弓在端完咖啡後，就立刻和小俊一起回到最裡頭的房間。現場只剩下俊一郎和曲矢無言地望著彼此，還有細細品味咖啡的久能。

「這咖啡真好喝。」

久能似乎非常喜歡亞弓沖泡的咖啡，出聲讚美。

「那麼，我來說明一下委託內容。」

他以極為平淡的口吻開始描述大面家複雜的家族組成，還有幸子的第二封遺囑引發了繼承者遭綁架或發生離奇死亡的經過。

毫無疑問，俊一郎和曲矢都立刻切換心情，仔細聆聽久能的說明。兩人在這方面可都是職業的。不過，這絕非代表亞弓的問題已經解決了……

但兩人在聽到大面家族的奇特關係，還有幸子留下的那份內容極為匪夷所思的第二封遺囑後，顯得十分震驚，連亞弓的存在都忘得一乾二淨。

「幸子女士究竟是在何種考量下──」

「寫出那種遺囑的呢？」

曲矢和俊一郎接力似地講完整個問題。他們非常專注地等著律師的答案，根本沒注意到剛剛那個問題是兩人合力完成的。

不過久能只是輕輕地搖頭。

「幸子女士是在何種考量之下留下那樣的遺囑，追問其中緣由並非我的工作。我該做的，是去思考應該如何在法律限制之下執行她的遺志。」

「是這樣沒錯，可是……」

似乎就連曲矢也對律師的回答感到迷惑。那個內容簡直就像是希望引發繼承者之間的爭端，曲矢會有這樣的反應也是非常自然。

俊一郎和曲矢感受一致，而他將自己的想法直率地表達出來。

「問題正是那一點。」

這時，律師的語氣開始透出些微的亢奮，一改至今的沉穩模樣。

「我不清楚幸子女士的想法，這也不是我該去探究的部分。如果非得要說她的期望是什麼，那應該就是希望大面集團能夠永世繁盛吧──這只是我自己的見解。」

「這樣的話，把所有遺產留給集團下的各個企業不是更好。」

俊一郎的意見合情合理，就連曲矢都點頭附和，不過久能卻搖著頭說：

「那份遺囑，參雜了幸子女士對弟妹和養子女的複雜情感，這點應該是錯不了。或許就因為這樣，她才會留下像是要煽動繼承者互相殘殺般的第二封遺囑。」

「這太恐怖了。」

「儘管如此，只要冷靜思考就能發現，要是有人離奇死亡，因而獲利的人肯定會第一個遭受懷疑，所以相互殘殺的情況應該沒有那麼容易發生才對。」

「一般來說是這樣沒錯──」

「只是因為遺產實在過於龐大，還是不能掉以輕心這點也是事實。」

「這樣下去感覺肯定會出事……」

「可能不久之後就有人會採取不得了的行動……」

俊一郎和曲矢分別說道。

「兩位所言甚是，這點我也很清楚。」

久能先肯定兩人想法，又隨之提出相反的見解。

「不過我個人是一點都不擔心會發生意外。」

「為什麼？」

「大部分繼承者肯定都會暗自妄想，能讓自己獲得遺產的對象最好死掉。先不談對遺產是否存有貪念，但今天不管是誰處在他們的立場，總是會不自覺地想像一下，不是嗎？」

「你是想說可是大面家的人並非如此嗎？」

「不，正好相反。我很清楚，大面家的繼承者比起一般人，肯定對此會更加期盼。」

「但是你卻認為不會發生殺人案？」

「沒錯。因為他們並沒有那種膽量。」

「在凶殺案裡，你居然是跟我講膽量兩個字？」

曲矢似乎要開始找麻煩，俊一郎見狀慌忙搶著說：

「然後呢？」

「幾乎所有繼承者都是無憂無慮的溫室花朵。其中雖然也有一部分人在受到大面家領養前曾吃過不少苦，但在那棟宅邸生活久了，整個人都鬆懈了。我這樣說曲矢刑警可能又會不高興，但是他們之中並沒有誰有足夠的活力，能夠為了奪取對方的遺產而下手殺人。」

「原來如此。」

俊一郎趕著在曲矢開口之前先應和律師的話。

「話雖如此，眼前悠真遭到綁架，初香小姐也過世了。」

久能繼續說下去。

「雖然她應該沒有他殺的疑慮，但這個時間點實在太巧了，所以我曾經懷疑過他殺的可能性……但馬上就又覺得不可能，根本想不出誰有嫌疑。不過在親眼看到遺體後，我越來越覺得……她一定是被殺的。可是大面家的專任醫生判斷死因是心臟衰竭，但我心中的不安怎樣都無法散去。這時我想起過去曾經聽過一位死相學偵探的傳聞，想來請教一下目前的情況，就拜託朋友幫忙寫推薦信。我聽說如果沒有合宜的推薦信，你就不會接受委託。」

「因為工作內容和普通偵探不同。」

要詳盡說明會花太多時間，因此俊一郎只簡短回覆。不過久能看起來也沒有太放在心上。

「在過來這裡之前，我腦中充滿各式各樣矛盾的念頭。從眼前的狀況看起來，似乎就要發生遺產爭奪殺人案了，但應該是絕對沒問題的吧？因為那些繼承者根本不可能殺人，我打從心底確信這一點，可是初香小姐卻過世了。不過醫生又說她的死因是心臟衰竭。但真的是那樣嗎？我甚至還有預感，如果一個沒處理好，可能還會出現第二位、第三位死者。儘管如此，不管我怎麼想都還是覺得沒人有嫌疑。她果然還是病死的吧？還是該說自然死亡呢？可是……就像這樣，各種想法一直在腦中兜圈子。」

這瞬間，俊一郎終於明白久能剛剛的話中含意。

「但是在知道黑術師的存在後，你終於能夠理解為什麼大面家會發生殺人案。」

「沒錯。」

久能首度露出淺淺的笑意。

「黑術師暗地裡接近某個繼承者，促使他成為凶手，沒錯吧？」

曲矢也露出贊同的表情，不過——

「這樣一來……」

他立刻意識到這件事的嚴重程度，因此俊一郎接下去幫他把話講完。

「今後大面家或許會發生跟遺產繼承有關的連續殺人案。不，我必須說這個可能性相當高。」

「對了——」

十　星盤相位殺人事件

俊一郎神情緊張地詢問久能：

「你有聽過誰說在大面家附近看到黑衣女子之類的話嗎？」

「那位就是黑術師了吧？」

「不，不是。」

黑衣女子是那些因黑術師而犯案的凶手們無一例外都曾在證詞中提過的人物。他們曾經說過「有一個黑衣女子來找我」或「一位穿著黑色衣服的女人接近我」這種話。俊一郎自身也曾好幾次被那女子跟蹤，不過他並未實際看清對方的外貌，只是有這種感覺而已……

不管是他、曲矢、還是黑搜課的新恒警部，都認為黑衣女子肯定是黑術師派遣的使者。搞不好還有其他擔任同樣任務的傢伙，只是現在已經浮上調查檯面的只有這一位。

在聽完俊一郎的說明之後，久能不知為何皺起眉頭。

「有人看過嗎？」

俊一郎激動地追問，但久能毫不遲疑地搖頭。

「那麼，是律師有想到什麼事情嗎？」

「沒有。」

律師立刻否認，接著卻又像是突然想起什麼似地接下去說道：

「啊，這樣說來……」

但看在俊一郎眼裡，只覺得他在作戲，認為他打算用別的話題敷衍過去。話雖如此，也不能不聽一下內容，所以俊一郎不抱期待地客套詢問：

「怎麼了嗎？」

沒想到律師的回答大出他所料。

「大面家的成員說他們在聽到淒厲的慘叫聲後，就立刻衝到悠真房間，看到初香小姐倒在裡面，不過她在斷氣前，喃喃說了一些奇怪的話。」

「她說了什麼？」

「聽說她在過世前，說了『黑色的……帽兜……』這樣的話。」

「也就是說凶手穿著黑色衣服……」

「但那個人並非黑術師，也不是黑衣女子對吧？」

俊一郎點點頭。

「我覺得有點奇怪——」

至今都沉默思索的曲矢突然開口插話。

「哪裡奇怪？」

「悠真去拿第二封遺囑是在星期六的深夜，發表遺囑內容則是在星期日下午，而他遭到綁架是星期一早上的事，那天晚上初香就過世了。就算是黑術師，這個行動速度不會太快嗎？」

他的懷疑合情合理，不過俊一郎並沒有特別覺得奇怪。

「跟黑搜課一樣呀。」

「你的意思是？」

「就像黑搜課在全國布下蒐集離奇死亡情資的天羅地網那樣，我認為黑術師對於人類散發出來的汙濁欲望相當敏感。而且幸子女士對占卜相當有研究，黑術師搞不好早就循線嗅到了這封遺囑的事。」

「我想請問，您現在是在暗示幸子女士生前可能和黑術師有來往嗎？」

雖然用字遣詞依然十分有禮，但久能毫無疑問地動怒了。

「不，我不是這個意思。我只是認為搞不好黑術師從之前就單方面留意到熟悉各種占卜方式的幸子女士。所以才會在事情剛發生沒多久，就能掌握第二封遺囑的內容。」

俊一郎否定了幸子和黑術師間早有聯繫的可能，接著——

「關於幸子女士——」

他希望獲得更多關於幸子女士占卜方面的情報。

但久能沒有多說。他看來不像毫不知情，更像是不願詳細說明，簡直像是害怕扯上關係似的。

這時曲矢插入話題：

「您真確定是在星期一早上，他去學校前被綁架的嗎？」

「對。我跟學校聯絡時，校方說他昨天缺席。」

換了話題後，久能看起來似乎鬆了一口氣。

「我有跟學校說他需要請假好一陣子，所以那邊不會有任何問題。」

「換句話說，知道綁架這件事的人就是……」

「除了初香以外的十一位繼承者，大面家管家花守女士，還有我。」

「我想再看一次凶手留下的那封信。」

曲矢要求確認的是擺在初香房內桌上的一個信封，裡頭裝著一張由文書處理器打出來的信，上頭寫著下面這句話。

悠真在我手上。什麼都別做，乖乖等到四十九日結束。★

顛倒的星形記號似乎是凶手的簽名，但大面家的繼承者、久能和花守都完全想不出這可能是代表誰。現在這個階段，俊一郎和曲矢也是舉白旗投降。

「凶手可能原本是打算在她房裡攻擊她的。」

聽到俊一郎的推理，久能開口附和：

「畢竟這封信是擺在初香小姐房內的桌上呢。」

「沒錯。然而陰錯陽差最後變成在悠真房間……不，搞不好凶手當初是在初香小姐的房間內等她，結果後來因為某種原因才移動到悠真的房間，或許是為了拿他房裡的物品之類的原因。結果初香來到他房間……」

「初香小姐看到了正在房裡找東西的凶手，他因而痛下毒手……」

「所以她的遺體才會在悠真房裡。」

「滿合理的。」

「或是也有這種可能性……凶手會把信擺在初香小姐房間，是因為她是唯一會擔心悠真安危的人——這樣講是不是太過分？放完信封後凶手就走到悠真房間，結果初香小姐正巧過來……後面發生的事就一樣了。」

「原來如此。比起認為凶手一直埋伏在初香小姐房裡，這個說法可能更為自然。」

此時，久能似乎突然在意起某件事。

「那個凶手，是從黑術師那邊學了某種能夠殺害對方，又將一切偽裝成自然死亡的咒術嗎？」

「嗯，不過具體內容為何我就不清楚了。」

「那個咒術是不靠近被害者就無法使用嗎？」

「啊，這個嘛──」

俊一郎露出苦思的表情。

「在過去的案件中，也曾有過黑術師一次向所有被害人下咒的情況，所以雖然無法一概而論，但我想這次應該不同。因為被害者在臨死前口中描述了凶手身著黑衣的外貌，也就是說，我們能確定凶手確實有接近被害人。這是那個咒術不在某個距離以內就無法使用的證據。」

「我確認一下，凶手並沒有從那位黑術師身上，獲得剛剛那種咒術之外的能力嗎？」

「恐怕是這樣沒錯。」

「順帶一提，那個咒術大概是怎麼樣的技法？」

「嗯，這個很難講……各式各樣的方式都有可能，譬如使用咒術道具、口中吟誦咒語、在腦中發送意念之類的。」

「這樣呀，我了解了，正因如此凶手才會去初香小姐和悠真的房間吧。」

「關於他在兩人房間移動這點，我總覺得有點不太對勁……」

「哦，是哪裡有問題？」

原本一語不發地聽著兩人交談的曲矢，突然語氣激動地說：

「喂喂，等一下。按照你們現在的說法，就會變成初香不是因為那個黃金什麼鬼的才遇害的囉？」

「才不是黃金，黃道啦。黃道十二宮。」

俊一郎立刻糾正他，接著又問久能：

「她過世後，能獲得好處的是誰跟誰呢？」

律師聽了，慢條斯理地從西裝內袋取出黃道十二宮圖，上面除了星座以外，也記載著所有繼承者的名字。

「搞什麼嘛。不是都弄清楚了嗎？」

曲矢出言表示不滿，但久能連眉毛都沒抬一下。

「這份資料絕對不能一時疏忽讓繼承者看到，兩位能夠答應我嗎？」

「話是這樣沒錯，但你當然該給我們——」

「可以打個岔嗎？」

俊一郎像是要打斷曲矢的抗議，在伸手接過黃道十二宮圖的同時說：

「根據這份圖，與初香小姐的位置相隔一百二十度的是安正先生，兩百四十度的是真理亞小姐。

另一方面，位於九十度的是將司先生，一百八十度的則是真理子小姐。」

「意思是？」

「將司先生和真理子小姐必須將自己繼承財產的一半，無條件贈送給安正先生和真理亞小姐。沒錯吧？」

俊一郎出言確認，久能點點頭。

「這樣一來，情況會一發不可收拾。」

曲矢雖然擔心，但語氣總讓人感到某種看熱鬧的意味。

「根據剛剛聽到的大面家親戚之間的人際關係，在所有繼承者之中，叔叔安正和外甥將司，阿姨真理子和姪女真理亞，還算是交情比較好的。但是初香過世後，將司非得把自己繼承遺產的一半雙手奉上給安正，另一方面，真理子則得平白送給真理亞。」

「正確來說是真理子小姐和將司先生，一起送給安正先生和真理亞小姐，絕非個人贈與個人。」

久能一板一眼地糾正，曲矢面露不耐地說：

「看了那個圖，這不用你說我也曉得。只是呀，我是指將司和真理子的感覺應該會是這樣。」

「的確是。那兩個人詮釋的方式，應該會如曲矢刑警所言吧。」

原本以為久能會動怒，沒想到律師居然乾脆地表示贊同。

「不過這是在悠真還活著的條件下才能成立。」

但他後面又加了一句話。

「……對耶，要是悠真已經死了，兩邊立場就要倒過來了。」

曲矢一副像是注意到驚人事實般的表情說：

「凶手該不會是連這點都計算進去，才會綁架悠真的吧。」

「應該是吧。」

俊一郎口中雖然附和他的話，但看起來仍舊在思索著什麼。

「只要沒先弄清楚悠真是死是活，就算有人想殺害能讓自己獲得好處的對象，也不會實際採取行動。」

「因為結果非零即一，勝率只有一半呀。」

「能採取行動的只有綁架犯……」

「就算真是這樣，那凶手究竟打算怎麼做呢？」

俊一郎進一步思索。

「死亡後能替凶手帶來好處的人有兩個。死者，或叫他們被害者，從他們的角度來看，凶手的相位分別會落在一百二十度和兩百四十度；相反地，死後會對凶手不利的人也有兩個。從這兩個死者的角度來看，凶手的相位會分別位於九十度和一百八十度。」

「嗯，是沒錯。」

「所以凶手先讓悠真活著，在這個狀態下殺害能替自己帶來好處的兩位繼承者；再接著奪去悠真的性命，並殺了原本會造成自己損失的兩個人。對凶手來說，這是能獲得最多遺產的方式。」

「關於悠真的死活呢？」

「在前面兩次殺人和後頭兩起殺人中間，他肯定是打算留下能讓人明白悠真已死的證據吧。」

「這樣的話，凶手以外的繼承者不也有機會為了爭奪遺產而殺人嗎？因為在一開始的兩個人遇害之前，悠真肯定還活著呀。」

「為了採取行動，首先他必須要先和我們一樣能推理到這一步，而且更重要的，還得完成黃道十二宮圖才行。」

聽了俊一郎的意見，久能表情凝重的表情說：

「推理也不容易，但完成黃道十二宮圖可能更是難上加難。」

「因為他們平日就很少交流，應該沒人曉得全部人的星座吧。」

「對占卜有興趣的美咲紀呢？」

對於曲矢的問題，久能沉吟著說：

「如果是要所有人的星座……可能性應該不高吧。」

「但是，實際上並不需要每個人的星座。」

俊一郎指出這點。

「能為自己帶來好處的星座是什麼？那個星座的人又是誰？只要知道落在那四個特殊相位的繼承

者分別是誰，就能動手殺人。」

「原來如此。」

曲矢暫時接受這個講法，又接著說：

「不過先不管這個，我們回到原本的討論。凶手將四次殺人行動——不，加上悠真就是五次——全部執行完畢時，不就等於在宣告『我就是犯人』嗎？」

「當然立刻就會露出馬腳。」

俊一郎毫無猶豫地回答。

「只是，有一個很重大的問題橫在我們眼前——就是警方絕對無法逮捕奪去五條人命的凶手——這個恐怖的事實。五個人的死因應該都會判為心臟衰竭吧。在同一戶人家離奇死亡的數目高達五件，警方當然也不可能保持沉默。但無論怎麼調查，都找不到他殺的蛛絲馬跡。就算繼承者中有人行跡可疑，也揪不出證據證明是那傢伙殺的。再更進一步說，就算那個人自行招認『我是凶手』，也完全沒有證據可以證明，因為五個人都是死在黑術師的咒術下，所以凶手能光明正大地接受龐大的遺產。」

「原本絕對不可能發生的案件……」

久能一臉愕然。

「就算已經有人離奇送命，也才只有一個人，而且還在極早的階段就確定是他殺。我原本以為應該很快就能找出嫌疑犯，逮捕也只是時間早晚的問題。」

「不過——」

曲矢聲音嚴峻地說：

「要是牽扯到黑術師，一切就不同了。」

「如果我們掉以輕心，對方就能順利完成遺產繼承連續殺人了。」

「可是呀，就算不可能逮捕他，只要看那個黃金什麼的方位之類的，就能夠立刻曉得凶手是誰吧。」

「黃道十二宮的相位啦。」

「啊對，就是那個。」

俊一郎忍住嘆息的衝動。

「現在的問題是，該怎麼看待初香遇害這件事。」

「她是凶手一開始計畫殺害的兩人之一呢？還是因為她目擊到凶手出現在悠真房間才遭到滅口，實際上是計畫之外的殺人呢？這兩個看法會造成相當不同的結果。」

「總之，我們這邊也盡快採取行動比較好吧？」

久能開口提議，又望向俊一郎說：

「我會來這裡，是因為之前曾聽過，您擁有感知他人身上出現的死相這項能力。」

「我外公將它命名為『死視』。」

俊一郎說明死視的漢字後，又告訴他自己能自由切換是否要「觀看」或「不看」他人身上出現的死相。

「我希望能借用您的那份能力，在大面家的繼承者身上一試。」

「……就是這個。」

俊一郎停頓了一拍，隨即發出小聲驚呼。

「只要能找出身上出現死相的繼承者，就能從他的星座去推出相位落在一百二十度和兩百四十度的人是誰。」

「也就是說，馬上就清楚誰有嫌疑了。」

曲矢也興奮起來。

「不光是這樣。如果身上出現死相的繼承者有三位，就能知道初香小姐是一開始要殺的那兩人中的第一位犧牲者；不過如果有四個人出現死相，殺害初香小姐就是計畫外的舉動，真正的遺產繼承連續殺人現在才要開始。」

「好，我們立刻行動吧。」

聽到曲矢的話，久能立刻說：

「我打算現在去大面家，向相關人士說明目前的情況。解釋途中想必會需要透露弦矢偵探的特殊能力和黑術師的存在，沒關係嗎？」

「你愛講多少就講多少。」

在俊一郎開口答應前，曲矢毫不遲疑地就同意了。

「我要先回黑搜課報告，再去大面家。」

「麻煩您了。」

久能恭敬有禮地低頭行禮，曲矢豪爽大方地點點頭後——

「你要怎樣？和律師一起去嗎？」

「不，我要先調查一些資料再過去。」

單憑這句話，曲矢就明白俊一郎打算和外婆聯絡。

「這樣的話，雖然要繞一大段遠路很麻煩，但我從黑搜課去大面家的路上，還是特地先來這接你吧。」

曲矢講話一如往常地無禮。要是前一陣子的自己，肯定早就跟他對嗆起來了吧，俊一郎心中這樣想，嘴上還是簡單道謝。

「謝啦。」

「你感謝的程度不夠。」

喂……

俊一郎還不及發火，曲矢已迅速地從沙發站起身。

不過他在門口停下腳步，回頭望了一眼事務所的深處。肯定是至少想看到小俊一眼吧。平常俊一郎會叫小俊出來，讓牠送曲矢出門，但他今天刻意裝作毫不知情。

「你要做好隨時可以出門的準備。」

曲矢丟下這句話就準備離去，俊一郎只是舉起單手回應他。

「兩位似乎認識很久了呢。」

久能意味深長地說。

其實兩個人認識還不到一年，不過從第三者的角度來看，或許看起來相當親近吧。俊一郎雖然覺得這也是一種困擾，但並無意在此刻聊這件事，就敷衍地說「嗯，還好啦。」

「我有一件事想跟您討論。直到案件解決之前，或許請您留宿在大面家比較好。」

在久能說出提議並離開事務所後，俊一郎立刻拿起桌上的市內電話，撥了外婆家的號碼。

但這組號碼對他而言，其實是個煩惱的來源。

十一 與外婆的對話

外婆家市內電話的來電答鈴聲持續響著，俊一郎心裡異常地緊張。會緊張實在是很奇怪，因為他明明是打電話回老家。不過這是有原因的。

大約是從六蠱案件那陣子開始，有一位叫作福部的中年女性，根本沒有人拜託她卻自發性地開始幫外婆接電話。換句話說，這位女性就是外婆的信徒，而俊一郎非常不會應付她。

福部在第一次接到電話時，誤以為俊一郎是「詐騙集團」。雖然後來有澄清誤會，但在明白他是愛染老師的外孫後，接下來只要俊一郎打電話過去，福部都會用尖細做作的聲音說：『啊，是俊一郎少爺吧？』

如果光是這樣還好，但因為她知道俊一郎是獨自在東京生活，每次總不忘關心問候，反覆問他『你有吃蔬菜嗎？』『是不是積了很多沒洗的衣服呀？』或是『有好好打掃家裡嗎？』之類的。俊一郎暗自擔心她該不會哪天就冷不防突然上東京跑到事務所來吧？

他曾經委婉地找外婆商量這件事，結果……

『喲，你這個師奶殺手！』

外婆立刻開始起鬨。讓俊一郎後悔得要命，心想早知道就不要講了。外婆那個人，給她抓到這種好題材，今後肯定是沒有好日子過了。

『在東京有亞弓小姐，在奈良有福部太太，受歡迎的男人果然不同凡響啊。順便提醒你一下，人家福部太太可是有老公的，這樣是出軌喔。她還有小孩，說不定一個家庭就因此而崩毀。你要有心理準備呀。』

不出他所料，那陣子每次打電話過去，都免不了受一番揶揄。

『您好，這邊是弦矢家。』

此刻也如他所猜想，是福部接的電話。

『喂喂，請問是哪位呢？』

俊一郎頓時講不出話來，她立刻主動詢問來者身分。

「這、這邊是奈良稅捐處……」

等回過神來，他已經說出了不得了的話。

「請、請問弦矢愛女士在家嗎？」

不過一切已經不能回頭了，他下定決心，只能將計就計、見招拆招了。

『請稍等。』

幸好對方相信了，話筒中遠遠傳來『愛染老師，稅捐處打電話來，要接嗎？』的叫喚聲。

俊一郎並沒有等太久，外婆就接起電話。

『話先說在前頭，我可沒有逃稅。』

劈頭就聽到這句話，俊一郎嚇了一跳。

『我們靈媒的費用，是前來求助的客人按照自己心意自由餽贈的，那跟營業收益可是完全不同，所以說，你把我跟那些普通商人混為一談我很困擾。』

接著還有整串話如連珠炮襲來。

『我的工作呀，是純粹的善心助人事業。我可是為了眾人著想，才會每天每天都這樣努力工作，是一種情操高貴的義工活動，所以並沒有絕對非得要收多少錢，那是根據對方的判斷，支付……換句話說，就是所謂隨喜的收費方式。我是這樣想的啦。是說要是有人小鼻子小眼睛，那我可也不會摸摸鼻子自認倒──沒有啦，真的是多少都可以。』

但她立刻就露出馬腳。

『因為我對他人毫無私欲的善意，還有人們對我滿滿的感謝跟尊敬，才會產生那些隨喜謝禮。你卻打電話來說要在這種美好的事物上課稅金，你完全搞錯了嘛。』

最後居然還開始一番充滿歪理的說教。

『好了，事情就是這樣。』

接著，簡直令人不敢置信地，她就要逕自掛上電話了，俊一郎只得慌忙開口：

「那、那個——」

『怎樣？』

「順帶請教一下，您已經申報了嗎？」

但從他口中溜出來的，卻是這種答覆。

『……啊？這麼說起來，還沒呀。』

此時外婆也終於發現到情況有點不對勁。

『你呀，根本還沒有到要申報的季節，就在那邊囉哩八嗦，到底是想幹什麼呀你？』

「其實國稅局有直接跟我們聯繫，說要多注意您一下。」

『喔呵呵，這麼榮幸呀。』

「不，反倒是有些丟人——」

『不不，真是辛苦你了。那麼今年我會好好申報的啦。』

「到去年為止是沒有申報嗎？」

俊一郎忍不住吐嘈。

『搞什麼，原來是你呀。』

外婆嘴上雖然這麼說，卻沒有驚訝的模樣。

『你還有閒工夫打這種惡作劇電話，看來偵探事務所果然沒什麼客人呀。』

可說是立刻就變回往常的語調。

『你這樣搞，以後調查費我是一毛都不會給你打折的啊。還有延遲付款這種事，當然也是門都沒有。』

調查費指的是，在偵探事務所的工作上，拜託外婆利用她寬廣人脈調查必要的相關人士背景而產生的費用。俊一郎至今已經不知道延遲付款了多少次。

「才不是惡作劇電話。」

因此他急忙否定。

「這只是要騙過福部太太啦。雖然對她不好意思，但為了避免她在電話中過度關心，我才刻意——」

『哦哦，你是為了不讓我發現你想偷偷和福部太太用電話傳情嗎？』

「妳到底是怎麼聽的，怎麼會理解成這樣？」

『我懂啦，你放心。這件事我絕對不會告訴亞弓的。』

「等等，我就說不是這樣——」

『什麼呀，原來你希望我告訴她喔。啊啊，是想要讓她吃醋嗎？你也頗有一手的嘛。』

「妳能不能好好聽別人講——」

『所以咧，到底有何貴幹？我可是受歡迎得不得了，很忙耶。連飯都沒時間好好吃。』

「啊？除了每天三餐之外，早上和下午一定還有點心時間，晚上也會認真吃消夜的，不知道是誰呀。」

『儘管如此，身材仍是這麼穠纖合度。常有女性雜誌問我要不要當她們的模特兒，煩得要命呢。』

「我說妳呀……」

『而且，還要穿泳裝。』

俊一郎腦中幾乎就要浮現出那個畫面，驀地覺得全身不舒服。

『要是有時間，其實我也不抗拒呀，可是——』

這世界上的所有男人，應該都會堅決大聲抗議說「拜託不要」吧？

『那個人他會吃醋啦。』

那個人指的是她老公弦矢駿作，可是就算外公反對，理由肯定也和這世界上的所有男人相同吧。或是他身為人家老公，內心清楚「不能因為這麼恐怖的照片害人生病或暴斃」，有一份責任感。

不過外公應該完全不會介意才對，感覺反而會拿外婆拍性感寫真這件事做題材，寫一篇名叫〈映照於此之物〉的怪奇短篇小說。

不過這種話俊一郎當然一句也不會說出口。

「現在穿泳裝還太冷了啦，外婆妳還是推掉比較好喔。」

他正打算安全帶過這一局，但是呢……

『為了藝術，要我全脫我也願意。』

話題失控地偏往驚人的方向，他只好連忙切入主題。

「妳知道大面幸子這個人嗎？」

『她大約一個星期前才過世的吧？』

外婆毫無抗拒地回應問題，讓俊一郎鬆了一口氣。

『她整合了多家企業，是位女中豪傑呀。』

「妳們認識嗎？」

『她曾經找我商量過幾次，不過因為她自己精通各種占卜，與其說她是想聽我的建議，更像是對我使用什麼方法有興趣。』

「她有那種能力嗎？」

『誰曉得。確實是有傳聞說她常常在工作上遇到重大決策時都會仰賴占卜，不過呀，事情如果太過龐大，肯定會超過人類所能負荷的極限。雖然必須要明確選擇一個方向，但有時情況已經到了讓人無法冷靜、理性、客觀判斷的程度。一個人到了大面幸子那種位置，想必經歷過無數次這種局面才是。』

「所以就藉由占卜——」

『這也是部分原因吧。不過呀，我認為那個人並非光靠占卜爬到那個位置的，一定還是有一定的聰明才智。搞不好在執行占卜之前，她心中早就已經有了結論。』

「是說她在無意識的層面已經有了定見，占卜頂多是從背後推她一把這樣嗎？」

『我認為多半是如此吧。』

外婆花了一點時間，說明大面幸子熱衷的占卜後——

『不過，那也是到某個時期之前就是了……』

又意味深長地講了半句話，俊一郎忍不住追問：

「那個時期是發生了什麼事？」

『是多久以前呀……已經是好幾十年前的事了，大面幸子女士突然開始信奉彌勒教。』

俊一郎從久能那裡聽過，悠真曾到大面家墓地所在的彌勒山山中祠堂去拿第二份遺囑的事，不過律師完全沒有說明彌勒教的細節。儘管如此，俊一郎其實對這三個字有奇妙的熟悉感，強烈地感覺自己曾在哪裡看過。

他把這個感覺說出來，外婆稍微思考了一下，然後說：

『可能是因為教祖的兒子是怪奇小說作家這個緣故吧？』

「啊！」

俊一郎突然大叫，放下話筒走向裡頭房內的書架前。旁邊的亞弓和小俊嚇了一大跳，但他完全不管，逕自抽出他在尋找的《恐怖饗宴　不為人知的怪奇小說傑作》這本選集，翻到目錄確認某個東西後，終於找到了答案。

〈離世渡河〉幾守壽多郎
〈巷子底的家〉天山天雲
〈三角恐怖〉伊乃木彌勒
〈棲居二樓的某物〉佐古莊介
〈虛妄執念之筆〉畸形鬼欠

一長排怪奇短篇標題的下面，分別標記著每位作家的名字，不過其中的「伊乃木彌勒」緊緊地抓住了他的視線。他再翻到最後頭，快速瀏覽過負責編輯的星影企畫的解說，就拿著書急忙走回去。

「喂，我找到了！」

一拿起話筒，立刻挨了外婆一頓罵。

『蠢蛋，講電話講到一半要離開一下要先說呀。你該不會對委託人也是這樣吧？』

「比起這個，外婆——」

『到底是怎樣？』

「是是，我沒有啦。」

『我講過很多遍了，是只要精神抖擻地說一次就好。』

「是！」

『好，所以你找到什麼了？』

「在戰後出道的伊乃木彌勒這位怪奇作家，他的正職是城南大學的教授，專業是埃及學。所以他寫了標題是《詛咒的祭壇》或《死人們的棺材》這類以埃及為背景舞台的作品，在我有的這本選集中收錄的短篇〈三角恐怖〉，也是在講一位考古學者因為挖掘某座金字塔，而開始害怕各式各樣的三角形，他——」

『怎麼感覺話題整個歪掉了。』

「我跟妳說，金字塔雖然是四角錐，但它的側面是等腰三角形，從旁邊看起來就是三角形，所以——」

『有人叫你說明怪奇小說的內容嗎？所以咧，那個大學教授作家的爸爸，就是彌勒教的教祖吧。』

「嗯，似乎是這樣。」

俊一郎翻到《恐怖饗宴》的解說頁面——

「雖然這裡沒有寫的很詳細，但這個彌勒教好像在戰前和戰後都分別發生了離奇的意外死亡和殺人案件耶。妳有聽過嗎？」

『都是跟教祖的肉身佛有關的恐怖案件吧。』

「外婆應該是不管戰前或戰後，都是事情一發生就知道了吧？」

『對呀，戰前我就已經成年啦——最好是啦，就連戰後那案件發生時，我可都還沒出生咧。』

「絕對不可能。」

外婆無視俊一郎的反駁，繼續往下說：

『也因為那些案件的影響，彌勒教幾乎衰敗滅亡。然而大面幸子卻讓它復活了，是說也只有她一個人信奉就是了。』

「不過她在大面家的墓地裡蓋了祠堂，在裡面供奉教祖的肉身佛吧？」

『哦，你很清楚嘛。』

俊一郎將久能律師委託的案件，簡明扼要地向外婆說明一遍。

『她留下的遺囑也太複雜了吧。』

外婆半是愕然，半是佩服。

「怎麼想都覺得，她簡直是希望繼承者相互爭奪呀。」

『不過律師認為沒人有那種膽量嗎？』

「似乎是這樣。」

『但是，黑術師就盯上這點。』

「嗯。根本就是見縫插針呀。」

『是呀。看起來也像是大面幸子女士從一開始就指望黑術師介入，才會寫下那種遺囑啊。』

「咦，不會吧……？」

外婆大膽的解釋讓俊一郎當場愣住。大面家的遺囑殺人案搞不好是由過世的幸子一手策劃的——這個可能性讓他驚愕無比。

「如果那是真的……」

『就算是那樣，現在也沒辦法拿大面幸子女士怎麼辦囉。』

「……嗯。」

這一點俊一郎也很清楚，但不知為何他的回應顯得心煩意亂。

光只是將大面幸子第二份遺囑的內容解釋為她可能連黑術師的行動都考慮進去，俊一郎就覺得眼前有股巨大威脅逼近。或許是因為在黑術師無止盡的邪念上，又再交疊了亡者令人忌憚的惡意。

『喂，你要振作一點。』

他好半晌都默不作聲，外婆立刻出聲激勵。

『必須要在下一位被害者出事前解決案件，這不是你身為死相學偵探的工作嗎？』

「是呀。」

『那就好好幹呀。只要不是見不得人的工作，所有你認為值得做而接下的委託，就必須全心全意投入才行，這才叫做專業，這跟你幾歲都沒有關係。對工作必須負起完全的責任。』

外婆嘴巴很毒，平常老是講一些亂七八糟的話，但偶爾也會有正經的發言。那個反差之大實在令人難以消受，不過對現在獨自生活的俊一郎來說，這或許是非常寶貴的建議。

「話說回來——」

『我剛剛講的話，你有聽懂嗎？』

「是！」

『好。那……又怎麼了嗎？』

「我總覺得那個久能律師在講大面幸子的事時，好像有隱瞞著什麼……」

『你這孩子又直呼委託人的名諱。』

俊一郎等外婆發完一頓牢騷，才出聲承諾「是，我之後會注意」，並開始描述奇異的內容。

『那位律師含糊帶過的部分大概是，幸子女士從彌勒教相關地點帶回來的，那個真面目不明的東西吧。』

「那是什麼呀？」

『很可惜，我也不曉得。好像有些人稱它是「黑影」……只不過能肯定的是，那東西絕非善類，是個邪惡的存在。』

「像是跟某種咒術有關的……？」

『啊，差不多就是那樣吧。』

「和黑術師有關係嗎？」

『不，我想是沒有。』

外婆雖然否定，但她的語氣卻讓人有些在意。

「雖然沒有，但是有什麼問題嗎？」

『既然不曉得幸子女士究竟是從哪裡帶了什麼回來，我也就沒有辦法做什麼。只是呀，我覺得……那個影子對於黑術師依循自身邪惡欲望做出的行動，可能會本能地去反應。』

「這是什麼意思？」

『黑術師最終的目的不是操控每個人心中都有的黑暗角落，促使對方殺人嗎？其中可以感覺到黑術師清晰的意念。另一方面，那個影子好像是會敏銳察覺人類所感受到的怯懦、顫慄、恐懼……等情緒，並將對方更加逼入絕境。』

「妳雖然沒有實際看過，卻有這種感覺嗎？」

俊一郎由衷地感到佩服，但這句話聽到外婆耳裡似乎變成另一種含意。

『你一時可能難以置信，不過呀，你聽好——』

她語氣難得放軟，正打算加強說明。

「不是啦，我是覺得妳好厲害。」

『啊？』

「不愧是外婆，我是真的感到佩服啦。」

但俊一郎繼續澄清後——

『你以為我是誰呀？』

她轉瞬間就回復原本的狀態。能夠快速振作起來，該不會就是她延年益壽的祕訣吧？俊一郎最近常常這樣想。

『日本很大，不、世界更大，不過就算這樣，要找到像外婆我這麼厲害的靈媒——』

「啊〜〜？好好我知道了，這世上根本找不到能跟愛染老師匹敵的術者。」

『在我的情況裡，還要再加上永恆的美貌、出色的身材、崇高的人格、蒙受萬人愛戴的個性、還有——』

「對錢很囉唆的守財奴。」

『沒錯沒錯，世界上最要緊的還是錢。這位客倌，事到臨頭能幫你的，說到底還是錢嘛——最好是啦。』

「外婆妳接話還是這麼厲害耶。」

『這樣呀，多謝啦。』

聽到外婆愉悅的回答，俊一郎差點忍俊不住。

『那你待會兒要去委託人那邊嗎？』

他告訴外婆曲矢會來接自己。

『總之，你要小心那個影子。』

聽到外婆擔心地提醒自己，俊一郎全身竄過一股寒意。

「那個影子在大面家宅邸裡嗎？」

『因為幸子女士已經過世，所以那個影子也可能跑到大面家的墓地去了。實際上，這個可能性應該還滿高的。』

「……好險。」

『只是呀，悠真去那個墓地拿第二份遺囑這件事，總讓我很在意。』

「意思是……」

『那個影子可能附在他身上，回到大面家來了。』

「就算真是這樣，跟大面家以外的人應該沒關係吧。」

『這就是問題所在，我總覺得那個影子會因為人類初始本能的衝動而被觸發。』

「妳不要突然講這麼深奧的話啦。」

『不是就跟剛剛講的同一件事嗎？聽好，一定要多小心。』

「嗯，我知道了。」

這次俊一郎也決定要認真聽進外婆的忠告。

『所以說，你要去看繼承者中是誰身上有出現死相吧？』

「根據死視結果，應該可以篩出嫌疑犯。」

『照你剛剛說的黃道十二宮的內容，應該是這樣。』

「在現在這個階段還不曉得要進一步鎖定凶手會不會很困難，但只要能進行到那個地步，應該就能阻止連續殺人案才對。」

『應該吧。』

俊一郎再度覺得外婆回答的語氣不太尋常。

「外婆妳覺得事情不會這麼順利就解決嗎？」

『不，不是這樣。雖然西洋占星術不是我的專業領域，但只要知道接下來是誰和誰會遭到攻擊，確認即將受害的那幾個人，自然就曉得凶手是誰。這個想法應該沒有錯。』

「但是，妳有什麼地方很在意嗎？」

『應該吧。』

外婆平常什麼事都快人快語，現在卻少見地語帶含糊。

『沒，應該是我想太多了吧。』

「這樣嗎？沒事就好。」

『俊一郎，你和曲矢刑警合作，說什麼都要阻止遺囑殺人案繼續發生。』

「嗯。」

但是兩人之後將會非常後悔，這時為什麼沒有更加認真看待外婆感到不對勁之處……

十二 大面家眾人

俊一郎和外婆講完電話的同時——

「這樣應該可以了吧？」

亞弓拿著一個旅行包從裡頭走出來，嘴裡喃喃地說。

「聽起來你要在那邊過夜，所以我幫你放了四天份的衣服在裡面。」

「什、什麼？」

「果然還是太少嗎？」

「不、不是這個問題——」

「那我改成一週份好了。」

她轉身時嘟噥：

「但是俊一郎的內褲很少呀。」

「等、等一下！」

「啊，還是你有特別喜歡哪幾件嗎？」

對方如果是外婆，他就會開玩笑回「嗯，小貓內褲」，但要是在亞弓面前這樣說，感覺會引發一場災難。他擔心亞弓會真心相信他的玩笑話。

「我說呀，妳碰到其他男人的內褲都不會覺得不舒服嗎？」

「不會，我可是將來要當護士的人呢。」

她說的也有道理。在護士的工作中，應該也常會需要處理骯髒的內衣褲吧。將洗得香噴噴又折整齊的內褲放進包包裡，根本就是小事一樁。

俊一郎想到這裡，差點就要接受她的說法，突然又慌張地搖搖頭。

「不、不對啦！不是這個問題。就算妳不介意，但是我會介意呀。」

「哦～～」

亞弓盯著他看，出聲問道：

「俊一郎，難道你現在是在害羞嗎？」

「笨、笨蛋——」

這時，曲矢突然一如往常地沒敲門就擅自走進來。

「你說什麼笨蛋？」

最糟糕的時機……

俊一郎避開他的視線，曲矢牢牢地盯著俊一郎和亞弓看，用極為低沉的聲音說：

「你這混帳，該不會是在說亞弓是笨蛋吧？」

「誤、誤、誤會。」

「哥哥，不是這樣啦，是我把俊一郎的內褲——」

「啊啊，小俊喵！」

俊一郎突然指著曲矢後方大喊。

「唧哇！」

曲矢發出非常奇特的叫聲，立刻從原地跳開。

「在、在、在哪裡？」

然後轉頭望向四周，顯得非常緊張。

「——我以為是牠，結果是看錯了。」

俊一郎若無其事地回話。曲矢鬆了一口氣的同時又露出失望的神色，反應非常矛盾。不過他立刻一臉狐疑地望向俊一郎。

「你今天很奇怪喔。在我來之前，你們兩個應該有做什麼好事吧？」

「我們哪會做、做什麼呀。」

這次輪到俊一郎開始緊張了。

「像是不能跟我說的事情。」

「所以我說，哪會……」

「像是瞞著我偷偷摸摸做的事。」

「聽不懂你在說什麼。」

「少給我裝傻。眼前站著像亞弓這麼可愛、個性好、身材又豐滿的女生，一般男人哪有不——」

「哥哥。」

曲矢察覺到亞弓的語氣中蘊含的不滿，立刻閉上嘴。

「差、差不多該走了吧。」

「……嗯。」

俊一郎拿起包包踏上走廊，曲矢跟在後頭。

「兩個人都要小心喔，早點回來。」

「啊。」

「再見。」

他們正要起步離去時，俊一郎緊急停下腳步。

「妳為什麼還留在這裡？」

「我有備份鑰匙呀。」

「什、什、什麼？」

俊一郎還來不及有什麼反應，曲矢的鬼吼鬼叫就已經響徹整條走廊。

「你這個混帳！」

接著他用雙手緊緊揪住俊一郎的胸前，使勁往上一扯。

「等、等一下……是誤會。」

「你把備份鑰匙給我妹妹，還會有什麼誤會？」

「哥哥，不是這樣啦。」

亞弓的發言讓曲矢稍微減輕力道。

「告訴我備份鑰匙放在哪裡的是小俊喵啦。」

聽到下一句話後，他鬆開抓緊的兩手。

「這樣呀，是小俊喵……」

「真是的，都不先聽人家把話講完。」

「小俊喵果然很聰明呢。」

「是一隻很伶俐的貓咪喔。」

俊一郎站在一旁聽著兩人的對話，不禁在內心感嘆：

這對兄妹到底是有什麼問題……？

接著將憤怒的矛頭轉向——

小俊，你給我記著！

到頭來，兩人還是在亞弓的目送之下，離開了偵探事務所。

「偵探小鬼，你這是要去旅行喔？」

曲矢看到俊一郎提的包包突然吐嘈他。雖然說是久能提議的，但亞弓擅自幫他收行李這件事，他死都不會說溜嘴。

「因為之前也有案子需要住在當地。」

「說到之前的案子，我第一次遇到你的那件入谷家連續離奇死亡案，搞不好跟這次有點像呀。」

那是死相學偵探弦矢俊一郎偵辦的第一個案件。

「是沒錯，但那次最後是連續殺人案。這次目前是綁架和殺人各一件，得在這裡阻止凶手才行。」

曲矢聽了，專注地看著俊一郎一會兒。

「你、你幹嘛啦？」

「沒有，只是突然覺得，你也是成長了不少。」

「啊？」

「剛認識時，你為了解開死相的意義，也就是為了要收集更多推理用的素材，會希望再有一個或兩個人遭到殺害──那時你就像是會有這種想法的荒唐小鬼。」

他幾乎講中了，因此俊一郎也無法反駁。

「結果呀，現在卻變得好像真正的偵探。」

「我就是真正的偵探啦。」

「小鬼說什麼大話。」

兩人一如往常地鬥嘴，同時走出產土大樓的大門，外頭停著一輛似乎是便衣警車的普通汽車。

曲矢一走近車子，駕駛座那側的門立刻打開，有一位年約二十五歲的短髮女性俐落地下車站好。她的動作矯健靈敏，讓俊一郎幾乎看到入迷。不過她接下來的話讓人大吃一驚。

「曲矢主任。」

她說完後，就直挺挺地原地立正朝曲矢敬禮，接著又幫他打開後座的車門。

主任？

雖然他借調到警視廳的黑搜課，但俊一郎以為他還是一屆沒有任何官銜的普通刑警，這個稱呼著實令俊一郎大為詫異。

不過在他開口前，曲矢就先生氣地怒吼：

「我不是叫妳不要那樣叫我嗎？」

「是。」

「也不需要每次都幫我開門。」

「是。」

「受不了耶，到底要我講幾次。」

「是，非常抱歉。」

俊一郎靜靜旁觀女性警官一絲不苟低頭道歉的模樣，不禁暗忖這個人也是曲矢不擅長的類型呀。

曲矢這人總之就是嘴巴很壞，偶爾還會說一些不講理的話，但本質十分單純。所以只要能和他一樣直來直往互丟真心話，相處起來就意外輕鬆。反過來說，要是跟他來拘泥規矩那一套，他就會嫌你「這麼做作幹嘛」而露出一臉厭惡。

不過，這種話俊一郎當然一個字也不會提。他坐進汽車後座，小聲詢問：

「主任很了不起嗎？」

「你很煩耶。」

「出人頭地了呀，恭喜你囉。」

「只是新恒那傢伙擅自決定的啦。話說回來，黑搜課是一個既是警察又非警察的部門，階級也和其他單位不同。」

「就算這樣，和區區一個普通的刑警就是不一樣呀。薪水也有增加吧？」

「所以我打算要給亞弓買個禮物——是說我幹嘛跟你講這種事。」

「我說呀……」

「還是說偵探小鬼你知道亞弓想要什麼嗎？」

「我怎麼可能知道。」

「……我想也是。」

駕駛座上的女性警官似乎一直耐心等待他們兩個無意義的對話告一段落後才回過頭來。

「我是黑搜課的唯木。最近接到上級指令，擔任曲矢主任的勤務夥伴。」

特意向俊一郎自我介紹。

夥伴的意思是？

俊一郎嘴角不禁浮現笑意望向曲矢的臉，但後者朝他狠狠地瞪回來。

「……啊，我、我是弦矢。」

俊一郎轉回前方，只是簡單告知姓名。

「我常聽新恒警部和曲矢主任講起你。另外，我最近正在閱讀黑搜課的資料，研究你至今辦理的案件。今後請多多指教。」

她寒暄後，一絲不苟地行禮。

「哪裡哪裡。」

所以俊一郎也拘謹地低下頭，他正打算詢問曲矢的夥伴具體來說是要做那些工作時——

「趕快開車。」

曲矢不悅地下令，讓他錯失良機。

「你還是一樣沒禮貌。」

「現在沒有空聊天吧。」

「我們今天第一次碰面，自我介紹是很重要的。」

曲矢牢牢地盯著俊一郎瞧。

「你真的是變了耶。以前明明是個沒辦法好好和別人講話，天性陰沉彆扭的小鬼，現在居然會說『自我介紹是很重要的』。」

「比起完全沒有任何長進的暴力中年刑警是要好一些吧。」

「你這混帳。」

「不過你升上主任了。但那與其說是曲矢刑警進步了，應該說是新恒警部很善解人意吧……」

「天性陰沉的小鬼嘴上雖然說『自我介紹是很重要的』這種大話，但真要實際來時也只有說了『我、我是弦矢』這幾個字嘛。」

「報名字有哪裡不對。」

「是不能再親切一點嗎？」

「哦，居然從你嘴巴中說出親切兩個字，看來地球快毀滅了。」

「你說什麼？」

「不好意思打斷你們交談。」

此時，唯木出聲插話。

「黑術師引發的這起案件中，最有嫌疑的還是安正和真理子兩個人嗎？」

俊一郎的腦海中瞬間閃過一個念頭，她該不會是想阻止後座的爭執才開口說話的吧？不過她看起來並沒有這麼機伶，剛剛那個問題，應該也只是單純將自己的想法說出口而已吧。

「如果初香遇害是凶手計畫中的一部分，情況就會是這樣。」

曲矢完全不回應，所以俊一郎只好開口回答。

「弦矢偵探用死視觀看繼承者後，要是安正身上出現死相，那麼真理子的嫌疑就會升高；要是出現死相的是真理子，安正是凶手的可能性就加重了——我這樣理解沒有問題吧？」

「嗯。根據黃道十二宮的相位來看，那兩個人的關係就是如此，所以我想應該沒錯。」

「可是呀。」

曲矢一副思索的神情說：

「這兩個人會一開始就曉得能替自己帶來最多好處的星座是誰嗎？這點相當值得懷疑。從這個層面來看，不管怎麼說嫌疑最重的應該還是美咲紀吧？」

「照你這樣說——」

俊一郎取出黃道十二宮圖，確認了雙子座美咲紀的相位之後。

「如果水瓶座的太津朗和天秤座的博典這兩人身上出現死相，那美咲紀就會是頭號嫌疑犯，而且我們也能確定初香遇害是計畫之外的行動。」

「說到博典——」

唯木依舊望著前方，開口陳述自己的意見。

「他曉得其他人星座的可能性僅次於美咲紀，或是兩人差不多。」

「為什麼？」

「根據久能律師提供的資料顯示——」

久能在偵探事務所時，曾在文書用紙上整理大面家每位繼承者的簡單個人資料，並恭敬地遞給俊一郎。唯木似乎已經看過曲矢帶回黑搜課的影本了。

「博典的興趣是變魔術。而我們調查久能律師的資料時，發現他是業餘魔術師。」

「那個老爺爺居然會登台表演魔術嗎？」

曲矢大感詫異，唯木出聲回答。

「每年一次他會參加業餘魔術師大賽，同樣身為魔術愛好者，他跟博典關係可能還不錯。」

「因此博典私底下和他打聽到那個黃金什麼圖的……或是事前就暗地從他那裡得知第二份遺囑的內容……這也是相當有可能的吧？」

「真的嗎？」

聽到兩位黑搜課成員的推論，俊一郎側頭望向曲矢。

「唯木警官沒有當面和久能說過話，有這種猜測也是可以理解。但你覺得那個律師會只因為興趣相同就洩漏大面幸子的遺言嗎？」

「……說的也是，看起來不太可能。」

「是這樣嗎？」

唯木失望地說，不過她立刻重振精神。

「即使如此，博典還是能夠以這個共同興趣找話題去接近久能律師，再利用自己擅長的魔術，找機會偷看黃道十二宮圖。」

「哦。」

曲矢沒有明顯反應，但內心似乎頗感佩服，他或許對唯木稍微重新評價了。

便衣警車不知何時已經奔馳在高速公路上，唯木似乎事先在導航中設好大面家的地址，接下來就只是跟著指示路線駕駛，所以她才有餘力跟上後座的對話吧。

可以的話，俊一郎並不想推翻曲矢對唯木的評價，但也不能因此保持沉默，所以他開口說明自己的想法。

「那個可能性應該不太高。」

「為什麼？」

曲矢代替唯木詢問。

「久能雖然只是業餘愛好者，但他可是能上舞台表演魔術，而博典頂多只是當成一個嗜好而已。也就是說，久能騙過博典這是有可能的，可反過來的情況就難說了。」

「而且對方還是那個老爺爺。」

「那位律師是這麼難纏的人嗎？」

唯木似乎對久能律師產生興趣了。

「感覺像是狡猾的老狐狸。」

「面對這種狠角色，在溫室中長大的博典根本毫無勝算嘛。」

接續唯木的話，俊一郎喃喃自問：

「凶手是怎麼得知那幾個必要星座是誰的呢？」

「喂，搞不好——」

曲矢突然語氣激動地說：

「是黑術師把那個重要資訊告訴凶手的吧？」

「啊，肯定是這樣。」

唯木也立刻表示贊同，但俊一郎默不作聲。

「怎樣？你覺得不對嗎？」

曲矢馬上出聲問他。

「我沒辦法說得很清楚，但是我覺得黑術師並沒有那麼親切。」

「親切？」

「我指的是，那傢伙對於他盯上的、即將成為案件凶手的人，應該不會那麼周到地幫對方把一切都規劃好。」

「但他不是想要完成凶手的欲望嗎？」

「是這樣沒錯，可是也不會因為這樣，黑術師就什麼都無條件幫忙。就算從無邊館案件這些過往案例來看，這點也是可以肯定的。黑術師並沒有站在凶手那一邊。在這次的情況中，他的想法應該是，如果維持個人星座不明朗的情況，促使誤殺發生，應該會更有趣吧？」

「哼，真是個變態。」

「我認為在大面家案件中，最突兀的一點是悠真的存在。」

俊一郎說到這裡，像是突然想起什麼要緊事，回頭詢問曲矢：

「有開始調查綁架案了嗎？」

「別擔心，已經祕密進行中了。會先調查有沒有繼承者在東京都內擁有不動產，或是有租獨棟透天房、公寓大廈、倉庫。」

「等調查結果出爐，應該能將可能監禁地點的範圍縮到很小。」

唯木的語氣原本透著期待，但是——

「如果那個場地是由黑術師提供的話……」

俊一郎的推測似乎讓她的情緒一口氣轉為不安。

「至今調查到的黑術師相關情報已經累積了相當龐大的數量，就算只從中挑出跟不動產有關的資料，如果要一間一間去看也得花上很多時間。」

「喂喂，等一下。」

曲矢慌張地說：

「你剛剛不是才說黑術師沒有站在凶手那邊嗎？」

「那是在說黑術師什麼都不做會讓案件情況變得更加複雜，使得凶手、被害人或我們等所有相關人士都陷入混亂的情形啦。這次的案件中，凶手不先綁架悠真，一切就無法開始，但監禁地點不是說想要就能馬上找到，更何況凶手根本沒有時間可以找房子吧。」

「所以那傢伙就提供地點嗎？」

「……有這個可能性吧。」

聽到俊一郎的回答，曲矢驀地轉頭。

「奇怪耶。你雖然嘴上說有這個可能性，聽起來卻沒什麼信心喔。」

「有嗎？」

不過唯木似乎沒有這種感覺，她因為曲矢的發言而感到詫異。

「這傢伙的事呀，沒人比我更了解。」

「你了解什麼呀。」

俊一郎提出異議，但曲矢神色認真地說：

「那我問你，你說有這個可能性，是真的嗎？」

「啊，真的有，這個千真萬確……只是……」

「只是？」

「有什麼地方不對勁嗎？」

曲矢和唯木接連發問，俊一郎露出些許迷惘的表情說：

「從犯下黃道十二宮殺人案的凶手立場來看，其他繼承者不清楚悠真是死是活的狀態，對他是相當有利的。」

「所以凶手才會綁架悠真吧？」

「嗯。但是從黑術師的立場來看，凶手在悠真好好待在大面家的情況下殺人這個選項，對他應該更有吸引力吧？」

「為什麼？」

「因為從其他繼承者中，或許會因此出現新的凶手……」

「光是凶手一人得到更多遺產，會讓其他人眼紅吃味而一時失去理智犯案嗎？」

「如果只有一個人離奇死亡，還不會有什麼大問題，但要是接連出現第二個、第三個死者，肯定會有人開始動歪腦筋，不如趁悠真還活著時我也來……」

「倒不是沒有可能。」

「換句話說，對黑術師來說，與其讓眾人不曉得悠真是死是活，不如讓這一點清楚明白，事情會變得更加刺激才對。」

「我懂你的意思。但是呀，黑術師的首要任務是先煽動凶手，讓他想要犯案。在這次的情況中，增強殺人衝動的誘因就是龐大的遺產。那麼根據第二封遺囑，為了獲得最多遺產該怎麼做呢？那就是凶手要在掌握悠真生死的情況下，一個接一個殺害必要的繼承者吧。這一點凶手應該也立刻就會注意到，儘管如此，要是黑術師不同意讓他這麼做，情況會變得如何？」

「拒絕合作嗎？」

「所以黑術師在這時也只好讓步。」

「果然還是會這樣嗎？」

「你想得太複雜了啦。」

「剛剛那個問題——」

唯木開口表示意見。

「我也覺得曲矢主任的解釋就說得通了。只是就算這樣，對手可是那個黑術師，還是不能掉以輕心。」

「妳現在這是怎樣呀，先贊同我的發言，再講些好像別有含意的話。」

「所以就是——」

「話說回來，妳到底幹嘛插入我們的談話呀。」

都一起討論這麼久了，曲矢才出聲抱怨。

「我是主任的夥伴，一起針對案件討論，並沒有任何奇怪的地方。」

唯木的回答合情合理，但這種話對曲矢可是行不通的。

「妳給我聽好，我——」

「應該快到了吧？」

俊一郎慌忙岔開話題。而且實際上，下高速公路後也已經開了很久，也差不多該到了。

唯木按照導航的指示左轉，一轉進兩旁有成排綠樹的林蔭道路時，眼前無預警地出現一座氣派豪華的宅邸。

「那就是，大面家……」

俊一郎脫口而出的話中帶著一種感慨。

此時浮現在他腦海中的畫面是，因死相學偵探的第一份工作而前往的世田谷區音襯入谷家那座宅邸。如果說入谷家看起來像是昔日貴族的居所，那麼大面家的外觀就像是莊嚴堂皇的飯店。只是，眼前的大面家傳來一種當初看到入谷家時不曾感覺到的不祥氣息。

團團包圍住宅邸的、令人毛骨悚然的氣場……

就算先不管此地已經發生了綁架和殺人案這個事實，眼前景象就像是濃重的厚厚烏雲低垂懸掛在宅邸上空，裡頭庭院飄盪著邪惡的氣息，無止盡的黑暗密實地包覆著建築物。

能夠在一瞬間內就感知到這個程度，說不定是因為俊一郎作為死相學偵探，有了飛躍性的成長。至少當初他看到入谷家宅邸時，並沒有任何奇特的預感。那個時候他還不成熟，但現在他渾身上下都莫名緊張。

可是旁邊的曲矢……

「實在是有夠大耶。」

只是單純驚嘆，如實發表看到屋子的感想，讓俊一郎緊繃的情緒立刻舒緩多了。

雖然他沒打算跟曲矢坦白，但他這種不假修飾的反應，似乎總是能在不知不覺中緩和俊一郎因為案件而不自覺陷入的緊張情緒。新恒警部可能就是看透這點，才派曲矢跟在他旁邊吧。如果是那個警部，很有可能連這一點都計算進去。

便衣警車從大門開入宅邸境內後停在前院的空地上，俊一郎等人還未下車，正門玄關的門便打開了，現身的是一位看起來七十歲左右的女性。

「兩位是曲矢先生和弦矢先生吧？」

來者聲音並沒有特別大聲，但就是有種奇妙的魄力，就連曲矢也都只能順從地回答「是」，並點頭回應。

「久能律師跟我說過了，請往這邊走。」

俊一郎以為唯木肯定會跟進來，沒想到她就這樣開著車走了。還是她是到某個看得到大面家的地方，偷偷進行監視任務呢？

「我是管家花守。」

那位女性自我介紹，兩人隨即曉得她的年紀約是七十五到八十歲之間，比過世的幸子要小兩、三歲。但是她那俐落的言行舉止，讓她看起來比實際年齡年輕十歲。

她帶領兩人走到迎賓室，裡頭只有久能一個人。

「所有繼承者都已經集合在大廳了。」

他說完這句話後，原本一貫的公事公辦態度，轉為帶著興味盎然的眼神。

「死視如果一個一個輪流進行比較好，我就請他們依序過來這裡，但如果你們想全部一口氣看完，就要麻煩兩位移動到大廳。怎麼做比較好？」

「也是呢……」

俊一郎感到猶豫。

考量到自身負擔，應該要用死視輪流觀察比較安全，發生意外的可能性比較低。但是像這次的情況，一口氣觀察所有人或許可發現某些線索，這點也是千真萬確的。最有可能的是，好幾人身上出現強弱或濃淡不同的死相。根據這個資訊，搞不好可以推理出遭到殺害的順序之類的。

當然自己也可以在輪流用死視觀察過眾人後，再一個個比較分析，但有某種感覺告訴他，這起案件要一口氣觀察所有人比較好。雖然俊一郎身為死相學偵探的資歷尚淺，但或許是過往的經驗如此提醒著他。

「去大廳。」

俊一郎回覆後——

「喂，沒問題嗎？」

曲矢立刻臉色不善。

「你該不會忘記在都民中心的那場聯合慰靈祭了吧？」

去年四月，摩館市發生了無邊館殺人案件，而因為一起能稱為其續章的案件，有個週末許多相關人士都聚集在都民中心內，俊一郎曾經在那裡用死視觀察他們。雖然那次是一個一個輪流看，但是第一天就看了近百人，第二天又看了約二十人，後來俊一郎就因為耗神過度而在床上躺了整整三天。

「那時可是有一百二十個人，這次只有十一人。」

「但你是要同時看吧？」

「我偵探的直覺告訴我這樣做比較好。」

「偵探的直覺？」

「你不是也說我成長了嗎？」

「那個跟這個是——」

「不用擔心。我要是覺得情況不妙，會立刻停止死視的啦。」

「你聽好，真的不要太勉強。」

「了解。」

在久能的領路下，俊一郎和曲矢移動到大廳。平常這時應該正是要睜大眼睛欣賞豪華裝潢，為之驚嘆不已的時刻，但他們倆人絲毫沒這心情。

推開大廳門扉一走進去，繼承者的二十二隻眼睛全都整齊劃一地轉向兩人。不過因為久能已經預先和他們說過死相學偵探的事，所有人的眼睛很快就聚焦在俊一郎一個人身上。

另一方面，兩人一一望向眼前眾人，在腦中比對律師早先提供的個人資料。

首先是幸子的四位異母弟妹——夢想成為作家的太津朗、擁有護士執照的真理子、愛護大面家庭院的早百合、還有妄想繼承幸子衣缽的安正。已經過世的初香本來應該屬於這一群。

接著是幸子領養的七個孩子——大學休學中的啓太、和幸子同樣熱衷占卜的美咲紀、擁有幼保證照的真理亞、嗜好是魔術的博典、搞不清楚腦袋裡在想什麼的兩姊妹華音和莉音、還有討厭悠真的將司。遭到綁架的悠真原本該算在其中。

原本應該感情還不差的真理子和真理亞，還有安正和將司這兩組人，現在看起來卻顯得冷淡疏遠，肯定是因為初香過世而產生的遺產分配問題造成的吧。

一一確認完以上的十一個人後，俊一郎將死視從「不看」的狀態切換到「看」，一鼓作氣地開始觀察。

這、這是……什麼？

當那奇特詭異的死相一映入腦海，他眼前突然一片黑暗。

啊……

他在心中驚叫出聲，頓時膝蓋一軟，當場昏倒。

十三　誰身上出現了死相？

俊一郎在大廳突然昏倒，頭部正要撞上地板的前一刻——

「喂！」

曲矢大吼的同時立刻採取行動，及時接住他的上半身。

「你沒事吧！」

他擔心地盯著俊一郎的臉。

「所以我不是說過了嘛！」

立刻就生氣地大呼小叫，這個反應實在很符合曲矢的個性。

「叫醫生！」

即使如此，他立刻就對一旁呆在原地的久能下指令。

「發什麼呆！快去叫醫生！」

反應之快真不愧是名刑警。

「……不，不用。」

俊一郎單手拉住曲矢的衣服，勉強出聲阻止。

「說什麼不用，你……」

「我只要休息一下，應該就沒事。」

「你說應該，那要是變嚴重怎麼辦？」

「我好像知道會變成這樣的理由……」

「可是──」

喵～

這時突然響起一聲貓叫，接著從微微敞開的大廳門後陰影，有一隻虎斑貓腳步輕快地跑了進來。

「咦？貓咪……從哪邊進來的？」

「哎呀，真可愛。」

「這隻貓真漂亮耶。」

真理亞、早百合和真理子接連驚呼。

「啊！」

曲矢一看到那隻貓就大叫了出來。

「小、小、小……」

他似乎原本是想要說「小俊喵」，結果舌頭一時打結了。

俊一郎依然靠在曲矢身上，雙眼凝視著那隻貓，那隻貓也回望著他。

小俊……？

小俊應該不可能會出現在這裡，但那隻貓怎麼看都是小俊。圓滾滾的雙眼，擔心地望著俊一郎的那個小小身影，讓他胸口頓時一熱。

喵～

貓咪叫了一聲，就像在說跟著我走一般，轉身要往大廳外跑出去。

俊一郎正想站起身時，曲矢將他一把抱起，那個姿態根本就是公主抱。

「……放、放我下來。」

他無視俊一郎虛弱的抗議，立刻追在貓咪後面走出去，久能也旋即跟上兩人。

這三個人就在繼承者沉默的注視中離開了。但三人的身影一消失在門後，現場立刻一陣嘩然。事前聽說是死相學偵探的那個人，在用死視觀察過自己這群人之後就昏倒了。

偵探到底是看到了什麼……？

那東西又是出現在誰的身上……？

每個人心中肯定都充滿不安……難道是我嗎？他們開始描繪一些恐怖的想像。

另一方面，跟著貓咪移動的三人，抵達的地方似乎是別館一樓的客房。

「這是花守管家為了弦矢偵探準備的房間吧。」

一走進房間久能就這樣說。事實上，床邊的行李架上，已經放著他的旅行包。只是，那個包包是開著的。

「看來有愛尋寶的人呢。」

曲矢沉下臉來。

「……快放我下來。」

俊一郎虛弱地向他提出要求。

「等一下。」

他正打算要將俊一郎抱到床上時，雙腳卻驀地打住。因為枕頭邊直挺挺地站著那隻貓。

「可、可以讓開嗎？」

喵〜〜喵〜〜喵〜〜

「牠叫你快點讓我躺下來。」

俊一郎翻譯貓咪的話後，曲矢一臉半信半疑的模樣，壓低聲音詢問：

「這、這隻貓，果然是小俊喵嗎？」

「好像是呢。」

「為、為什麼、會在這裡……？」

「總之，你先放我下來。」

曲矢先請久能幫忙掀開棉被，強忍對枕邊小俊的害怕，心驚膽顫地將俊一郎放在床上，替他脫掉鞋子，再幫他蓋上被子。小俊像是早就等著這一刻似地，輕巧地在俊一郎的臉頰旁窩成一團，陪著他休息。

「我瞇個二十分鐘左右。」

「好好休息。」

「在那之前——」

久能開口插進兩人之中。

「剛剛的死視結果到底是……」

「待會兒再說，等個二十分鐘不會出人命的。」

「你怎麼能肯定——」

「待、會、再、說。」

曲矢的語氣和眼神似乎震住了久能，後者不再堅持。

兩人離開房間後，俊一郎望向眼前縮成一團的小俊，看了一會兒，才出聲問：

「你躲在包包裡面嗎？」

喵～

「真是的，你這傢伙……」

他話說到一半，突然想到某種可能性。

「該不會是她把你放進去的吧？」

她，指的當然是亞弓，不過小俊沒有作聲。

「不管怎樣，你居然能忍耐好幾個小時。」

喵、喵。

「而且還是自己從包包裡跑出來的吧？」

喵～

「你真的是……」

和小俊對話的過程中，俊一郎不知不覺地沉入夢鄉。

呼嚕呼嚕、呼嚕呼嚕。

熟睡的俊一郎身旁，小俊從喉嚨中發出滿足的呼嚕聲。簡直就像是已經確認他的身體狀態沒有危險似的。

在偵探事務所內，小俊可以在任何牠喜歡的地方自由走動，但只有一個地方例外，那就是俊一郎睡覺時的寢室——正確來說是床上。因為俊一郎已經下定決心，休息時要分開睡。結果現在在出乎意料的情況下，一人一貓能夠睡在一塊兒，小俊肯定很開心吧。

過了差不多二十分鐘後，俊一郎自然醒來。身體沒有任何不舒服，反倒有種渾身舒暢的感覺。

為了避免吵醒小俊，他躡手躡腳地爬下床，離開房間去找曲矢和久能，立刻就在迎賓室裡看到他們。

「已經沒事了嗎？」

「嗯，完全恢復了。」

「臉色似乎也沒那麼蒼白了。」

「該怎麼說呢……像是一口氣負荷過重，突然短路的感覺吧，所以只要休息一下就沒事了。」

「這樣呀。那麼，小、小……」

曲矢應該是想問小俊的行蹤，不過旁邊久能已是一臉著急的模樣，俊一郎認為現在應該立刻切入主題。

「我先從結論開始講。」

「死視的結果吧？」

特意出聲確認，實在很像律師會有的舉動。

「是的。」

「那麼，出現死相的人是誰？」

「所有人。」

「咦……？」

「這……？」

聽到這個回答，不只久能，就連曲矢也詫異地啞口無言。

「在大廳裡的十一個人，所有人身上都有死相。」

「這是怎麼一回事？」

「這不是很奇怪嗎？」

面對兩人的疑問，俊一郎立刻回答：

「首先有可能的原因是，這是黑術師的障眼法。」

「原來如此。」

曲矢似乎立刻接受了這個說法。

「那傢伙預計你和黑搜課肯定會介入大面家的案件，這樣一來，立刻就能弄清楚誰身上有出現死相，三兩下就能揪出凶手。」

「啊，原來是這樣呀。」

久能似乎也同意這個看法。

「所以黑術師讓所有繼承者身上都出現死相——」

俊一郎繼續往下說，接著望向曲矢側著頭問：

「可是黑術師會對凶手這麼親切嗎？」

一遍。

「為什麼這樣說？」

久能露出詫異的神色，俊一郎便將在便衣警車中，他和曲矢及唯木討論的有關黑術師的內容覆述一遍。

「黑術師這個人，想法也轉太多彎了吧……」

久能似乎難以理解黑術師的邏輯，感到十分困惑。

「因為那傢伙的內心十分扭曲。」

曲矢似乎是想起過去的案件，語氣輕蔑地說出這句話。

「所以咧，假設黑術師使用了障眼法，而且絕非是為了凶手而做的，那情況會變得如何？」

「這樣一來——」

俊一郎眉頭深鎖地認真思索。

「或許這次案件的背後，黑術師其實別有目的，是凶手本人也不曉得的。」

「凶手以為他是在執行遺囑殺人案件，但其實並非如此嗎？」

「至少是黃道十二宮殺人案件這點肯定沒錯，不過……」

聽到俊一郎的回答，曲矢露出迷惑的表情。

「這兩個不一樣嗎？」

「這兩個在繼承者間存在龐大遺產的流動這一點上是相同的。只是，遺囑殺人案件從一開頭的出發點就是為了錢；但黃道十二宮殺人案件就不在此限了，我總覺得好像另有動機。」

「換言之——」

久能神色嚴肅地追問俊一郎：

「凶手認為自己在執行的是遺囑殺人案件，但黑術師心中的盤算是引發黃道十二宮殺人案，是這個意思嗎？」

「沒錯。不這樣解釋，就很難說明為什麼所有人身上都會出現死相。」

「完全無法理解。」

久能無視曲矢的牢騷繼續發問：

「這樣一來，他究竟為什麼要綁架悠真？」

「黑術師或許有不同於凶手的其他目的。要是悠真人也在剛剛那間大廳，從他身上也有可能看到死相，或是只有他身上沒有出現死相……」

俊一郎回答到一半，突然腦中閃過某個念頭。雖然是和死相八竿子打不著的靈光乍現，但他認為值得確認一下，正打算提議時——

「我越聽越糊塗了。」

久能再度忽略仍在抱怨的曲矢，開口發問。語氣像刻意按捺住心中好奇，問題卻直接無比。

「請問你究竟是看到什麼樣的死相呢？」

當時的畫面瞬間在腦中甦醒，俊一郎不禁感到顫慄。

「那是……」

不過他立刻就極力將那種感受壓下去。

「……舉例來說，真理子小姐的情況像是就要遭到一頭公牛撞爛，而安正先生的身體上爬滿了無數隻螃蟹。」

「你、你說什麼？」

「將司先生是下一秒就要被獅子吃掉，真理亞小姐全身被數不清的魚群覆蓋著。」

「這些是因為每個人的星座嗎？」

俊一郎對曲矢點點頭，繼續往下說：

「我想恐怕是被害者在臨死前會看到跟自己星座有關的幻覺。不，正確來說，是遭到這些幻覺攻擊……」

「雙子座、處女座和天秤座呢？」

曲矢問了理所當然的問題。射手座沒有包含在內，想必是因為他能夠想像受害者是遭到弓箭射殺的吧。

「雙子座的情形，是有一個和繼承者外貌相似的人，突然出現在她身後。處女座則是有一位美麗卻極為冷酷的女性，同樣站在被害者背後。然後天秤座，繼承者的頭上垂著天秤一端的盤子，另外一端的盤子上則放著重錘。應該是拿掉那個重錘之後，另一邊的盤子就會砸向繼承者頭頂的設計吧。」

「這也太具體了吧。」

「與其說具體，應該說非常有真實感。」

「至今你應該也沒有遇過這麼逼真的死相吧？」

「那倒不會，我也看過不少相當逼真的死相。只是這次案件中值得慶幸的是，從一開始就已經確定相關人士的範圍。」

「為什麼？」

久能搶在曲矢之前發問。

「要是那十一個人分別散落在不同地點，互相不曉得彼此的存在，然後有一個或兩個人來我的偵探事務所，那就算我能看到無數隻螃蟹或猙獰的獅子這些死相，大概也不曉得其中有什麼含意。」

「要從中推理出黃道十二宮，看起來頗有難度呢。」

「就算我能推理出來，只要沒能找到第二封遺囑的內容，就無法掌握案件的背景全貌。而在我漫無頭緒地調查時，搞不好遺囑殺人案件就已經執行完畢了。」

「可以說現在這個時間點，還不算是讓黑術師掌控了大局。」

久能似乎稍微放下心中大石，但俊一郎認為這是過於樂觀，想法似乎與他一致的曲矢開口問：

「現在的情況是所有人身上都出現了死相——把這一點告訴當事者比較好吧？」

「唔。」

久能頓時發出一聲呻吟，接著沉默良久，想必是難以判斷該怎麼做吧。

「說出來的目的自然是為了牽制凶手，告訴他——黑術師可不一定是你的好夥伴，證據就是你自己身上也出現了死相。」

「原來如此。」

久能接受了曲矢的意見，但俊一郎則表露出懷疑的態度。

「真的會這麼順利嗎？對手可是黑術師，他可能已經事先向凶手說明過，為了不讓我的死視鎖定真凶，所以會使用障眼法讓所有繼承者身上都出現死相。」

「是有這個可能，但還是值得一試吧？」

「確實。」

俊一郎嘴上雖然這樣回答，但顯然是對結果不抱太多期待。

「我剛剛想了一下——」

久能露出思索的神情說：

「即使對凶手沒有效果，但或許可以影響其他十個人。」

「影響什麼？」

「放棄繼承遺產。」

這個答案不僅曲矢大感意外，就連俊一郎也頗為吃驚。

「怎麼可能……」

「不，我的想法是……與其說他們主動放棄繼承，倒不如說或許有人會因為知道自己身上出現死相這件事，切身感受到性命遭受威脅，進而逃出這棟宅邸。」

「我記得到四十九日結束前……」

「沒錯，繼承者必須服喪，這段期間禁止任何外出，違反的人就會立刻喪失繼承權。」

「你覺得會有幾個人逃走？」

聽到曲矢一針見血的提問，久能露出為難的表情。

「雖然我自己提出這種看法，接著又說這樣的話有點奇怪，但可能無法寄望會有太多人吧。」

「為什麼？」

「要是在一般家族中，這種情況下會因為第一個離開家裡的人是誰，而讓之後的狀況大為不同。如果對其他家人有影響力的人率先離開，跟在他後面離去的人就會增加。而留在家裡的人越少，剩下來的人心中的不安也會加劇……」

「你是要說大面家不是一般家族嗎？」

「首先，大面家的人彼此間的情誼非常淡薄，就算有也僅存在於個人和個人之間，並沒有擴散成一個人際網絡。再來，有一個更嚴重的問題是，他們對於現實的認知能力吧。」

「那個現實,指的是自己身上出現死相這件事嗎?」

「嗯。我從弦矢偵探的事務所回到這邊後,就向所有人說明過死相了,但他們究竟能夠理解幾分呢……不,自己身上發生了什麼事情,這一點他們當然是能夠了解才對。只是,他們到底能夠多認真看待這件事呢?能夠明瞭事情的嚴重性嗎?我的感覺是他們完全沒有搞清楚狀況。」

俊一郎原本一直沉默聽著久能的話,但是在律師表露擔心時,他開口說:

「這也很合理。就連那些到我事務所裡來的委託人,幾乎一開始都是用充滿懷疑的眼神盯著我看。」

「但是,在你用死視觀察,並將結果告訴他們之後,情況有什麼變化嗎?」

「通常都會相信,雖然也有些人要花一點時間。不過他們只要相信之後,多半都樂意提供協助。」

「我想也是。明明平常聽來像是怪力亂神的死視和死相,不知道為什麼最後就是會接受。那是因為他們從弦矢偵探的說明中,產生了現實感,感覺到某種雖然心中仍難免懷疑、覺得這是在講什麼鬼話、但卻無法輕易否認的東西。那種感覺,應該就是根植於當事者的社會經驗吧。」

「不是相反嗎?」

曲矢立刻提出相反意見。

「社會經驗越豐富,應該越不會輕信這種怪力亂神的話吧。」

「那是程度上的問題。弦矢偵探用死視看到的死相裡，肯定是存在著逼得當事人不得不相信的現實感。如果還反映出只有委託人自己心知肚明的個人情況，更是無法否認了。」

「這樣一來，不食人間煙火的大面家繼承者不是更容易相信嗎？或許應該說是更好騙。」

久能沒有特別反駁曲矢的無禮發言。

「是很容易相信吧，但那之後才是問題——沒辦法明白事情的嚴重性，只是一味緊抓著幸子女士的遺產不肯放手——我不管怎麼想，都只能料想到這種孩子氣的反應。」

「原來如此……也是啦，因為遺產金額可是大到連一般人也捨不得果斷放棄呢。」

曲矢說話時，轉頭去看俊一郎。

「儘管如此，還是值得一試吧？」

「嗯。不過在那之前，我有個地方想要調查一下。」

聽到俊一郎的話，久能立刻有了反應。

「是哪裡呢？」

「位於宅邸邊緣地帶的，占卜之塔……」

十四 占卜之塔

「你是從哪裡得知那座塔的存在呢？」

久能的語氣輕描淡寫，但是他的眼神異常銳利。

這樣說起來，律師的談話中的確沒提到那座塔。

俊一郎想起這點時，曲矢似乎也注意到同一件事了，對他使了個別有含意的眼色。

「我外婆。」

俊一郎簡短回答。

「啊，愛染老師嗎？聽說她的情報網相當神通廣大，會知道幸子女士的占卜之塔也是自然的吧。」

久能表現認同的同時，似乎也在暗示自己早已詳細調查過了。老實說，從在偵探事務所碰面以來，俊一郎一直覺得他不是能夠掉以輕心的人物，看來那個猜測可能是正中紅心了。

「你為什麼想要調查那棟建築物呢？」

他詢問理由的語調，聽起來極為正常。

「比起這個，現在不是更應該盡早將死視結果告訴繼承者嗎？」

而且他講出來的話也十分合情合理。但俊一郎強烈感覺到，久能心底的想法其實是，不願意帶他們去看那座占卜之塔。

「在討論繼承者身上出現的死相時，我突然想到一件事……」

「什麼事呢？」

「監禁悠真的地點。」

「你、你說什麼？」

這個回答似乎出乎久能意料，他瞪大雙眼。

「你的意思是地點就在占卜之塔嗎？」

「愛染老師有跟你說什麼嗎？」

曲矢也大感驚訝，不過他似乎認為推出這個結論的人是外婆。

「不是，外婆只是告訴我有那棟建築物。」

「這樣的話——」

「只要在四十九日結束前離開大面家，就會失去繼承權。如果凶手要在不冒這個險的情況下監禁悠真……在這個前提下思考的結果，我注意到有個地方是完美符合所有條件的。」

「嗯嗯。」

曲矢心情愉悅地附和道：

「一聽到綁架，通常都會覺得人是被帶到不知名的遠方去，而兇手就是利用了這個盲點吧。」

「與其這樣說，不如說因為現在有不能離開大面家土地的這條規範。如果他把悠真綁到其他地方，後來事跡敗露，那就算他好不容易完成遺囑殺人案件，而且也沒有讓警方逮到，還是無法獲得最要緊的遺產。」

「對兇手來說一切就白費了。」

「因此他想到了一石二鳥的地點。」

「好，我們去看看吧。」

曲矢正打算馬上走出迎賓室時，久能語氣委婉地制止了他。

「我理解原因了，請兩位稍等。」

「需要等什麼？」

「我要先跟花守管家講一聲，要去那裡必須獲得她的同意。」

「你指的是剛剛那位老婆婆吧。為什麼會需要徵得家僕的同意？」

久能難得露出為難的神色。

「她的確是大面家的家僕，但她其實還長年擔任類似幸子女士私人祕書的角色。如果想要進入那棟建築物，就必須得到她的允許。」

從律師的講法聽來，俊一郎提出的要求觸犯到花守暗地在大面家把持的權力。

「誰管她——」

俊一郎趕緊安撫不耐的曲矢，再轉頭拜託久能徵得花守的同意。因為不管怎麼想，這都是最快的方法。

沒想到，接到消息前來迎賓室的花守，並沒有輕易答應這個要求。

「那棟建築物對太太來說是非常神聖的地方。」

她非常堅持這一點。

「自從沒有在使用後，那裡的門窗都是完全緊閉的。太太的想法似乎是……就讓它保持原樣自然荒廢。這樣的地方怎麼可以讓毫無關係的人進去。」

性格急躁的曲矢失去耐心。

「那裡可是凶手最有可能用來監禁悠真的地方，現在不是執著於亡者回憶的時候吧。」

「你有確切的證據嗎？」

「就是沒有才要去確認呀。」

「這種模稜兩可的理由恕難接受。」

「那好，我也可以去申請搜索令來，派大批搜查人員踩踏進去。」

「原本應該要保護善良市民的警察，居然說出這種語帶威脅的話，我實在感到非常痛心。」

「妳說什麼？還不是妳這個混帳先……」

「請你不要在這個家裡講這麼粗俗的話。」

「喂……」

曲矢幾乎就要破口大罵時，俊一郎趕緊拉著他起身，一同走出迎賓室。因為俊一郎判斷，接下來只能靠久能去說服她了。

「到、到底是怎麼回事呀，那個老太婆！」

他冷眼旁觀曲矢怒氣衝天的模樣，心想：

兩個人半斤八兩吧……

當然他絕對不會向本人透露半個字，這樣只會讓曲矢怒氣的矛頭轉向自己而已。

結果，兩人被迫等了將近三十分鐘，而且花守在去幸子房間拿占卜之塔的鑰匙後還說，她要跟著一起去。

「搜查時一般人——」

絕不能在場——在曲矢這樣反駁之前，俊一郎搶先發言，讓他沒機會把話講完。

「我們也會讓久能先生在旁陪同，所以沒問題吧？」

「他是大面家的律師。」

「花守管家是亡者的私人祕書。」

「那和案件有什麼關係？」

「或許沒有，但要是待會兒在占卜之塔裡看到什麼東西有問題，不就可以當場直接問了嗎？」

「那種事，之後再確認就好啦。」

曲矢口中這麼回，但似乎就連他也認為這樣確實要多費功夫；所以雖然他依然滿嘴牢騷，卻不再反對。

走到外頭，太陽正要西沉。在冬季疲弱夕陽的照耀下，宅邸外牆染成一片朱紅，充滿了魔幻的氣息。美麗庭院中整面的枯樹和常綠樹也在晚霞餘暉的映照下幻化成紅褐色的風景，單是靜靜凝望就讓人內心不禁浮現些許鄉愁。

但是這種浪漫心境，只存在於看到孤零零立在宅院邊緣的占卜之塔之前。

有點令人毛骨悚然……

俊一郎一看見那棟爬滿藤蔓的三層樓圓筒形建築就有這種感覺。

它看來並不像一座廢墟。雖然外觀顯得老舊，但還沒有到荒廢的程度，就這樣放著不管實在有點可惜。雖然他覺得圓筒形建築加上半圓形屋頂在造型上是相當特殊，但似乎也不是這個原因。外觀雖不常見，卻不會讓人感到突兀。但也並非是因為覆滿外牆的藤蔓，天然的綠意反而替這座塔增添了穩重的氣息。

但是卻透著一股不祥之氣，究竟是為什麼呢？

花守打開正面大門，跟在她和曲矢身後踏進建築物的瞬間，俊一郎終於明白那個理由了。是因為籠罩在這座塔內的氣息……

當然不是因為經年累月門窗緊閉，內部空氣無法流通而顯得汙濁的緣故。是幸子占卜留下的影響。

而且那是遠遠超過一般程度的占卜，幾乎可說是與惡魔交易般的某種儀式的緣故吧？或許是在屢次重複這樣的儀式之後，瘴癘之氣漸漸地聚集在這座塔內了吧？

就算這樣，這氣息還是太詭異了……

俊一郎心想，不知道曲矢是否也發現了，轉頭望向他，結果從他的表情看來什麼也沒察覺到。

這個男人應該沒這份能耐吧。

花守也仍舊是一張撲克臉，但她搞不好只是習慣了。比起這兩個人，久能顯得有些不安。總是不帶情感公事性處理任何事的律師好像也注意到飄盪在此地的奇異氣息了。

「先去地下室吧。」

曲矢伸手指向圓弧形走廊的左手邊，那裡有一道通往地下的階梯。順帶一提，右手邊可以看見部分通往二樓的階梯，一樓房間的門則設在入口大門正對的牆面上。

「最適合監禁的地點，果然還是地下吧。」

曲矢說完就立刻打算往階梯走去，但花守已經擋在他前頭，機敏的行動像在警告說：你可別輕舉妄動。

這個老太婆！

曲矢硬生生將這聲怒罵吞回肚子裡，俊一郎從他的表情就看得一清二楚。或許他出乎意料地也正在成長。

夕陽穿透採光用的窗戶，微弱的光線斜斜漾進室內，踩著依稀可辨的階梯下樓後，地下室的門出現在眼前，位置剛好落在和入口大門和一樓房門的相反側。

花守開了鎖，制止打算搶先進房的曲矢，率先踏了進去。過沒多久，原本漆黑的房內亮起燈來。

接著，曲矢、俊一郎、久能依序跟進，但他們發現根本沒有必要急著進房，因為地下室裡只有無人使用的家具，別說是悠真了，根本連個鬼影子都沒有。

「猜錯了嗎？」

曲矢發出失望的聲音，但神情又立刻起了變化。

「喂，你看。」

「……這是最近有人來過這裡的痕跡吧。」

曲矢和俊一郎注意到的是地板。因為長年乏人清掃，整片地板都覆滿厚厚一層灰塵，然而上面四處清晰可見凌亂的痕跡，明顯是有人曾經進來過。

「悠真一開始是監禁在這裡……」

「然後才移到別的地方去嗎？」

「不，不是吧。凶手應該不會這樣給自己找麻煩。」

久能出聲插入兩人的討論。

「弦矢偵探是剛剛才說想要調查占卜之塔的，就算凶手聽到那句話，也不可能在我們到這裡之前就把悠真移到別的地方。」

「這樣的話，這個痕跡到底是……」

曲矢和俊一郎摸不著頭緒，同時望向花守，不過——

「就連太太也好幾年都沒來過這間地下室了，一樓和二樓的房間也一樣。更別提其他人，他們應該沒有任何理由會到這裡來。」

她的回答根本派不上用場。

是誰，又為了什麼，進到占卜之塔的地下室呢……？

俊一郎等人不得不抱著新發現的謎團回到地面上。一樓的房間和地下室截然不同，塞滿了各式各樣的物品。

其中特別引人注目的，就是大大小小擺滿兩個大型架子的各式水晶，可想而知是幸子在水晶占卜時使用的道具吧。證據就是，書架上主要是一些水晶相關書籍。只是從桌上、架上、一路延伸到地板上，堆滿各處的詭異領域書籍，更是壓倒性地占了大半。

其中以埃及與西藏的《死者之書》、卡巴拉的《創造之書》、《光輝之書》與《多元複寫法》為首，還有《伊斯提之歌》、《伊波恩之書》、《死靈之書》、《暗黑儀式》、《暗黑巨集》、《蠕蟲之祕密》、《克海雅的儀式》、《妖精之書》、《格拉基啟示錄》等魔道書，也有《所羅門之鑰》、《卡納格之書》、《何諾教書》、《大魔法書》、《赤龍》、《黑魔術神髓》、《屍食教典儀》、《黑母雞》、《真實教書》、《亞伯拉梅林神聖魔法之書》、《黑魔法誓約之書》這類魔法書。

大面幸子究竟是用這些書籍研究了些什麼呀……？

這已經不是占卜大面集團企業發展的術法領域了，這些書通往的方向，是百分之百的魔法世界。

「喂，這個房間也有遭到入侵的痕跡喔。」

那些令人忌憚的書籍奪去俊一郎的注意力時，令人感佩的曲矢則是一直在檢查地板的狀況。

「欸，你要看到什麼時候呀？」

即使他出聲告知後，俊一郎還是不為所動地望著那堆書。

「好好幹你偵探的活兒呀。」

就算挨罵，他心裡也沒有什麼感覺，或許是因為全副心神都被那些書緊緊抓住了吧。

「去調查二樓吧。」

曲矢出聲催促，俊一郎才不情願地離開房間。

往右邊走廊上前進，沿著圓弧狀階梯上樓後，就看到了二樓房間的門，位置剛好在地下室房門的正上方。按照慣例，花守先開了鎖走進房內，曲矢順從地跟在後頭，沒有任何意見。可能是因為他已經判斷，悠真不是被監禁在這棟建築物裡吧。

這間房中最醒目的就是多副色彩鮮豔的塔羅牌，就放在牆邊的兩個玻璃櫃裡。室內中間擺著一張塔羅牌桌，上面鋪著毛氈。幸子以前肯定就是坐在那張桌前算塔羅。

「這裡也曾有人進來過。」

正如曲矢所說，地上殘留著入侵的痕跡。

「這個應該是凶手造成的吧？」

「……應該吧。」

俊一郎嘴上這樣回答，雙眼卻看向凌亂擺在玻璃櫃附近，奇形怪狀的幾個包包。

「這是……？」

他打開其中一個包包翻看，裡頭有燒瓶、燒杯或酒精燈這類簡直像是化學實驗器具的物品。其他幾包也差不多，還有個包包裡面只是塞滿了看起來像藥瓶的容器。

「這是什麼？」

曲矢大驚小怪地鬼叫，而花守當然一個字也沒回他，久能也是一臉莫名其妙的神情。

俊一郎刻意走遠，和花守與久能兩人拉開距離。曲矢會意地跟了上來。

「感覺上她以前可能有在嘗試煉金術。」

他低聲對曲矢說。

「你是認真的嗎？」

「我是不知道大面幸子有多信這一套，不過她可能在這棟建築物裡執行奇怪的實驗或儀式。」

「在剛剛那個地下室嗎？」

「嗯。」

「花守她……」

「當然知情吧，但她絕對不會說的。」

「為了以防萬一，還是要調查一下這些藥品吧？」

「這樣比較好。」

兩人在房內一角竊竊私語時……

「這裡已經看完了嗎？」

久能催促地問，不過搞不好是花守教唆他問的。

一行人離開二樓的房間，朝三樓走去。這裡的房門剛好在一樓房門的正上方。仍舊是花守先開門，進入全黑室內後，沒點燈她就朝俊一郎等人說「請進」。

兩人走進室內，眼睛一看到天花板，立刻驚訝地「啊」了一聲。

從外頭看起來是半圓型的屋頂，裡面是一座完美的天球。房間的正中央有一台投影機放出光芒，讓他們頭上閃耀著人造的星空。三樓整個房間就是一個小小的星象儀。

「這裡一直是這個狀態嗎？」

俊一郎不自覺地喃喃問道，花守一絲不苟地回答：

「幸子太太不再使用占卜之塔後，三樓的星象儀仍舊隨時維持這個狀態。」

「她其實還是有來這裡吧？」

「她常常會一個人待在這間房間。」

「等等，這跟妳剛剛說的話不一樣吧？」

曲矢立刻尖銳提問。

「我之前說的是，幸子太太已經沒有進入地下室、一樓和二樓，我可完全沒提到三樓。」

曲矢完全被花守擺了一道。

俊一郎在心中暗讚這一招漂亮，同時眼神仍舊牢牢地黏在天花板上。曲矢對他說：

「話說回來，凶手似乎沒有進來過這裡。」

曲矢只在一開始時吃了一驚，後來就立刻開始積極調查地板。不過也有可能是因為嘴上吃了花守的虧，為了離她遠一點，才把全副精神都放在調查上。

但是俊一郎依然故我地一味凝視著天花板。

「你也稍微調查一下啦。」

曲矢終於忍不住動怒了。

「……嗯。」

不過他只是隨意應了一聲，心神仍舊沉浸在那片星空中。

無論是對幸子的占卜也好、占星術也好，俊一郎都沒有興趣。然而對於占卜之塔，他心中卻漾著一股奇妙的興奮感。或許是因為那堆奇怪藏書和實驗道具，還有人造天球，都不斷挑動他熱愛怪奇幻想事物的那條神經吧。

明明進塔時只覺得毛骨悚然，離開時心情卻異常高昂。

我被蠱惑了嗎？

他突然有這種感覺，雖然不曉得是受到什麼東西蒙騙，但內心有種強烈的討厭預感，好似自己中了對方的咒術。而且，似乎也有什麼東西顯得不太對勁。剛剛在塔內時沒能察覺，但現在離開那裡後，總覺得好像漏了什麼。要說是調查得不夠徹底，倒也並非如此。只是好像忽略了什麼重要線索的感覺，一直在他的心頭縈繞不去。

……但是，占卜之塔裡什麼也沒有。

拜這結果所賜，曲矢現在心情惡劣得不得了。俊一郎從半途開始就沒在幫忙調查，可能也是他生氣的原因之一。

「這樣一來，只能用衝擊療法了。」

從那座塔走回宅邸的半路上，曲矢明確地表示。

「你想做什麼？」

俊一郎心中浮現一抹不安，開口確認。曲矢怒氣沖沖地說：

「直接告訴那些繼承者死相的事，還有究竟是出現了什麼畫面，徹底嚇嚇他們。」

「你是想逼他們從這裡逃跑嗎？」

「嗯。這樣剩下來的傢伙就是凶手了。」

曲矢的這種單純性格，有時候會讓俊一郎感到棘手，不過等事情過後回頭一看，往往發現他的判斷十分正確。老實說，俊一郎這時的感覺也是如此。

「雖然久能囉哩八嗦地講了一堆有的沒的，一旦事關自身性命，情況還是不一樣吧。肯定會有人逃跑，然後大家就會爭先恐後地跟著跑。人類就是這種生物。」

兩人回到宅邸，發現所有繼承者都還聚集在大廳。俊一郎因為死視而昏倒之後，他們為了聽結果好像一直在原地等待。這段期間似乎無人談笑，整個空間內瀰漫著一股緊張的氣氛。

不過，有一個角落不一樣。只有真理子、早百合和真理亞三個人聚集的那個角落，飄盪著一種輕鬆悠哉的氣息。俊一郎好奇地仔細一看，發現在三人中間的不正是小俊嗎？

「牠的毛好柔順喔。這隻貓真的好漂亮。」

「牠的肉球又軟又有彈性，好舒服。」

「妳們不覺得牠長得很聰明嗎？」

「是沒錯，但是更可愛啦。」

「真的好惹人喜歡，我第一次覺得貓討喜。」

「乾脆一直住在這裡好了。」

小俊成為三人的注意力焦點，心情好得不得了，一直向那幾個人撒嬌，似乎是享受得要命。

雖然圍在小俊旁邊的只有那三人，但其實除了安正和將司以外的所有人，都頻頻瞄向那裡，心裡似乎還是很在意。甚至連華音和莉音這對姊妹也不例外，這倒讓俊一郎大感意外。

話說回來，原本應該已經因為初香過世後的遺產分配而決裂的真理子和真理亞居然聚在一塊兒，光是這一點就夠讓他吃驚了。要是小俊不在那，繼承者之間的氣氛肯定更加緊繃。

「小、小、小俊喵……好受歡迎呀。」

曲矢站在門口望著室內，用極為羨慕又忌妒似的複雜語氣說著。俊一郎聽了差點失笑。

「小俊也真是的，一點節操都沒有。」

不過，他極力克制住竊笑的衝動，刻意裝作生氣的模樣說：

「只要人家疼愛自己，根本誰都好。」

「不是這樣的。」

果然如他所料，曲矢上鉤了。

「能夠疼愛小俊喵的，只有被牠欽點的人。」

不過他所說的話讓俊一郎驚訝地瞪大眼。你是認真的嗎？俊一郎懷疑地看向曲矢，他的表情極為認真。

好恐怖的一隻貓，牠的名字就是小俊喵。

不過兩人能閒聊的時間也只有短短片刻。

「喂，他們回來了。」

安正注意到站在門口的兩人。

「在那棟詭異的塔裡有沒有找到什麼呀？」

曲矢和俊一郎一踏進大廳，將司就立刻發問。他們去占卜之塔的事，似乎所有人都已經知道了。

「沒有任何東西。」

久能代替兩人回答，安正抗議地說：

「比起那種事情，死相的情況到底是怎樣？要是有空去調查那座塔，應該先跟我們所有人說明死相的結果才合理吧？」

原以為其他人也會接著抱怨同一件事⋯⋯

「沒辦法吧，偵探先生身體不舒服呀。」

「你還好嗎？」

沒想到真理子和真理亞卻擔心他的健康，讓他大感詫異。

「偵探小鬼好像又喚起人家的母性本能了。」

曲矢馬上在他耳邊低聲揶揄。

「你是受年長女性歡迎的類型呀。」

「比不上小俊啦。」

「那是當然。」

眾人似乎誤會兩人的竊竊私語，是在討論關於死相的嚴肅內容。

「少、少偷偷摸摸地在那邊講悄悄話……快、快講清楚呀。」

安正忍不住發難。

「瞬間昏倒的偵探也已經沒事了吧。」

將司補上一句。

「既然是我們家的顧問律師僱你來的，給我好好工作啦。」

「你說什麼？」

曲矢厲聲說道。將司有些膽怯，仍不甘示弱地回嘴：

「是說警察這麼依賴民間偵探好嗎？」

「我不是一般警察。」

「確實，個性特別差。」

將司刻意用曲矢能聽到的音量肆意批評。

「你這混帳……」

曲矢臉色大變。將司見狀似乎嚇到了，慌忙將頭撇向一邊。

「關於死相——」

啓太舉起一隻手發問。

「在我們身上進行的，那個叫做死視的行為，有成功嗎？」

「嗯，順利結束了。」

回話的人仍舊是久能。

「這個人真的有那種特殊能力嗎？」

美咲紀說出相當基本的疑慮。

「比起那個，問題更大的是所謂的黑術師吧？」

太津朗接著拋出的問題更是無比重要。

「在現在這種時代，那種像是施咒者的人真的……」

「這些事我都不想管！」

不過安正的一句話，同時讓兩人閉上嘴。

「律師已經仔細說明過黑術師和死相了吧？對現在的我們來說，最重要的事情是現場的十一個人之中，到底是誰身上出現了死相。」

「那麼，請問是誰呢？」

出乎意料地，單刀直入發問的人居然是博典。不過久能剛才一直看著他的臉，或許是因為律師在場他才能主動發言吧。

「應該還是由弦矢偵探親自發表死視結果比較好吧？」

在久能的暗示之下，俊一郎簡潔地宣布：

「十一個人身上都出現了死相。」

那瞬間繼承者的反應實在太值得一看了。每個人都露出極為驚愕的表情，愣愣地張口想要說些什麼，卻又發不出聲音。轉頭互望彼此的臉，又急忙瞥開視線。有好一段時間，他們就是不停反覆這些行為。

突然——

「這、這、這不是太奇怪了嗎？」

「這跟之前聽說的完全不一樣。」

「為什麼會是所有人……」

「不是根據黃道十二宮的殺人嗎？」

眾人紛紛開始說話，彷彿每個人都想藉著講話稍微舒緩內心的恐懼似的。

但是俊一郎一開口，所有聲音立刻停止。

「接下來，我會具體說明各位身上出現了什麼樣的死相。」

他一一唱名，開始說明死相的模樣——但刻意模糊細節，讓人無從得知當事者星座——大廳立刻被一股寂靜包圍。沒有人發出怒吼或慘叫，只有令人膽寒的安靜一點一滴地擴散至整個空間。

沒過多久，等到俊一郎說明完所有人的死相，連目前所預測到的黑術師的目的都告訴眾人後，久能才慢條斯理地開口：

「眼前情況就是如此，我希望各位能充分地思考。我個人是建議各位離開大面家，現在唯一確定能夠保住性命的方式，就只有這個選項了。」

但是，即使等到這一天的晚餐結束，大面家成員一個接一個回房休息後，還是沒有人打算離開大面家宅邸。

十五　內與外（二）

悠真從廁所走出來，往墊子上頭一坐，忍不住嘆了一口氣。旁邊還凌亂散落著毛毯、電暖爐，還有防災用品組，但他絲毫不在意。

還好有廁所……

而且沒有被停水。雖然他還沒辦法接受拿洗手台的水來喝，但至少可以用來洗臉、擦身體。他突然想起來，自己被綁架的前兩晚也都沒有洗澡。或許是因為去拿第二封遺囑時太過緊張，還有遺囑發表帶給他的衝擊，讓他完全忘了平日的習慣。

現在要是夏天就難受死了。

悠真對於自己還能想這種事情感到吃驚，這是代表自己已經稍微習慣眼前奇特的狀況了嗎？

昨天在上學路上遭到綁架，接著在這間房內醒來，當他正打算鬆開門邊鉸鏈的螺絲時，突然傳來了敲門聲。

悠真立刻後退，房門就在眼前慢慢開啟，一個全臉都蓋在漆黑帽兜裡的黑衣人走了進來，講了一些很恐怖的話。他的聲音聽不出是男是女，也聽不出年紀，只知道他在講的是與幸子留下的龐大遺產有關，而且令人非常毛骨悚然的殺人計畫。

「你不會有任何危險。」

黑衣人向他保證，但悠真十分懷疑能不能真的相信他。

「總之，你只要這十二天努力一下就沒事了。」

可是他知道自己並無選擇的餘地，只能照著黑衣人的話，在這裡獨自度過十二天。

不過昨天晚上真的是太恐怖了……

一想到還必須經歷十一次那種體驗，悠真就覺得難以忍受。

今天黑衣人拿食物來時說：

「大面家的人都已經相信你在這四十九天內不會回去了。」

但實際上就如同昨天聽到的，悠真只要十二天後就能從這裡出去。不過那是黑衣人擬定的殺人計畫，有完全按照計畫進行的情況。也有提前的可能性，只要……有繼承者比原本計畫好的日期更早死亡的話。

圍繞著大面家遺產而發生的連續殺人……

悠真的思緒似乎循著這句話正要越想越深入，他慌忙轉移注意力。不管自己現在在這裡想些什麼都於事無補，邪惡計畫已經啟動了，根本不是光靠他一人之力就能阻止的……

可是就算告誡自己什麼都別想，他的時間多到無處花。因此只要精神上一鬆懈，腦袋就忍不住思考起那件事。

那個黑衣人到底是何方神聖？

悠真決定轉為思考另一個問題，卻也無法輕易獲得答案，反而只是讓心情變得沉重。儘管如此，有一件事是他能夠確定的。

那傢伙背後，還有更為邪惡的東西存在……

當然悠真並沒有證據，只是他在和黑衣人談話的過程中，自然地察覺這一點。感覺起來，對方也沒有打算刻意隱瞞這個事實。

今天早上起，悠真已經不曉得是第幾次打開收音機，一直注意新聞中有沒有報導大面家的案件。

但是一切就如黑衣人所說，完全沒有任何相關報導。而且他還肯定地說，這在法律上並不算他殺，就連悠真遭到綁架這件事也絕不會驚動警方。警方中的特殊組織應該會採取行動，但社會上的一般人絕對不會得知這件事。

要是我死在這兒……

應該就會在沒有任何人發現的情況下，一寸寸腐爛吧。悠真在這裡的時間漫長到還有閒工夫想像這種事情。

唯一能做的就是單手抓住廁所的衛生紙架，拚命嘗試將門上鉸鏈的螺絲鬆開。

悠真之所以還能維持理性不至於崩潰，搞不好就是因為將全副精神投入在這個幾乎是徒勞無功的行為上。

真理亞在暖氣不停吹送的浴室脫衣處卸下衣物，像平常一樣注視著鏡中的自己全身，腦中很自然地想到：

美容中心要預約什麼時候呀？

接著又突然意識到現在可不是想這種事的時候，她自己也有點傻住。

幸子過世，留下了龐大的財產。接著第二份遺囑的內容公開，悠真遭到綁架，初香過世，據說還是他殺，凶手則是繼承者中的一員，背後隱身著黑術師這個存在。而且那個偵探說，全部繼承者身上都出現了死相。

真的嗎？

久能律師向大家說明時，自己內心當然是半信半疑。可是考量到久能的性格，實在沒辦法看作是玩笑話。接著刑警和偵探出現在家裡，讓律師的話更有真實感。其他十人的感覺肯定也是差不多吧。

只是，像這樣一個人靜下來時，腦中就會忽然懷疑起來。

真的會有這種事嗎？

悠真失蹤是事實，但他可能只是因為突然得知要繼承驚人遺產而嚇壞了，暫時躲起來，去朋友家借住之類的。初香或許只是單純地病死。驟死原本就不是老年人的專利，也有很多人年紀輕輕就突然死亡。

還有，那個刑警和偵探……

曲矢似乎是隸屬於警視廳的特別搜查單位，不過實在是看不出來，從那個外表、服裝和態度來看，頂多是轄區的普通刑警吧。

另一方面，弦矢俊一郎整體來說也不像是偵探。他身上散發著一股十分危險的氣息，比起已經在工作的社會人士，他更像是原本一直躲在自己房裡，好不容易才終於踏出外頭世界的社會邊緣人。他身上籠罩著深深的陰霾，這點或許正是死視這個特殊能力的最佳證據，但總讓人覺得有點神祕。

不過他差點昏倒，而刑警及時抱住他的那一幕——

真理亞不知為何突然心跳加速，感到害羞。原本第一印象粗魯無禮的曲矢突然看起來帥氣無比，蒼白虛弱的弦矢則令人感到心動，她不由得雙頰火熱，有些難為情。

她悄悄地環顧四周，發現真理子、早百合、甚至連美咲紀都看得出神。那個時候，四人內心或許泛起了相當類似的某種情感。

只不過，這一切只到那隻貓咪登場為止。可愛又威風凜凜的虎斑貓一出現在大廳內，四個人的注意力一口氣被拉了過去。似乎不只是四個人，有不少人都因那隻貓而著迷呢。

刑警、偵探和貓……

真理亞的腦海中，浮現出奇特的那兩人和貓咪身影，她慌忙搖搖頭。

我究竟在想什麼呀！

總之，目前只能先看看情況了，她現在正因初香過世而得利。這種時候還在想著自己獲得了多少遺產，實在是非常可恥，連她都覺得厭惡自己。但是說要放棄，她可完全沒有這個打算。

真理子應該很不高興吧。

真理亞和安正因為初香過世而獲利，但真理子和將司則蒙受損失。這是按照那個黃道十二宮圖決定的事，她完全沒有必要覺得歉疚。但是她和真理子之間的關係因此變得十分尷尬，反倒是和安正突然開始有些親近，她對這種改變感到反胃。

要是獲利的是我和真理子，損失的是安正和將司，那該有多好。

不過這樣想也無濟於事，而且她也並非無論如何都想跟真理子維持好交情。她頂多就是一起生活在這棟宅邸裡的親人中，還算好相處的對象罷了。

要是知道真理子過世能讓自己獲得更多遺產的話……

自己真的能果斷地說，儘管如此我也絕對不會希望她發生不幸嗎？但是在所有繼承者身上，這件事情也成立。

美容中心的預約還是四十九日結束後再說好了。

她最後瞥了鏡子一眼，做出結論後，就拉開霧面玻璃門走進浴室，簡單沖過全身後便泡進浴缸中。

現在曲矢刑警和他的同事應該正在屋內各地巡邏，為了避免凶手接近下一位犧牲者，繃緊神經戒備著。久能的話果然是真的。大面家現在的情況，逼得自己不得不相信了。

應該要逃出去嗎？

自從弦矢說所有人身上都出現死相，久能建議大家放棄遺產之後，真理亞總是不經意地在心中反覆問自己這個問題。

命當然比錢還重要，這無庸置疑，但又不是肯定會死。倘若久能、刑警和偵探說的話屬實，情況的確是相當危險，儘管如此，那個偵探也沒有說大家絕對會死。就算身上出現死相，那個人也不見得百分之百就會送命。

但是，只要在四十九日結束前離開大面家，立刻就會失去所有遺產，這可是千真萬確的。而且現在根本沒有人打算要逃出宅邸，想必所有人都在觀察其他人的動靜。

只有我一個人離開這裡……

這種輕率的舉動我才做不出來咧。這不是眼睜睜看著只有自己一人損失慘重嗎？

再觀察一下情況好了……

真理亞再次這樣決定時，突然聞到一陣腐臭味。

咦？

她用鼻子嗅了嗅，但並沒有什麼特別的氣味。心下覺得奇怪，正打算離開浴缸時，又突然聞到同樣的臭味，她皺緊眉頭。

不會吧……

令人難以置信地，那個腐臭味是從浴缸中的熱水飄出來的。明明只是加熱過的一般自來水，整間浴室卻不知何時開始籠罩在一股臭氣之中，就像是煮沸混著泥臭味河水時的氣味。

這是怎麼回事……？

真理亞連忙從浴缸中站起身時，突然全身僵硬。

有什麼東西正從霧面玻璃門的另一邊偷窺浴室。似乎有一個全身漆黑、人影一般的東西，緊緊地貼在霧面玻璃上，一直盯著她看。

「嗚哇……」

正當真理亞就要慘叫的前一刻，浴缸中的水面突然開始劇烈震盪。

啪沙、啪沙、啪沙……

同時，她的身體被無數隻蠢蠢欲動的東西包圍住，令她戰慄不已，全身竄過一陣惡寒。

咦咦？

不知不覺間，浴缸中滿滿地都是魚。總量遠遠超過缸內熱水的魚群，正活跳跳地躍動著。

這、這是……什麼？

眼前光景太過匪夷所思，真理亞腦中一片空白，完全沒有餘力想起俊一郎曾描述過的死相情狀，還有注意到自己是雙魚座這點。

「痛！」

右腿突然傳來一陣刺痛。接著全身各處立刻出現劇痛，低頭一看，魚群正在啃食她的身軀。

「不要……」

在她口中正要迸發慘叫時，突然一隻魚朝她直直飛來，鑽往喉嚨深處。

啊……咕嗚咕嗚……喀呃……

真理亞無法呼吸，痛苦太過劇烈，讓她在浴缸中激烈掙扎。

啪沙、啪沙！

咚、咚、咚！

她胡亂拍打水面和浴室牆面。

過沒多久，真理亞聽到外面脫衣處的門響起劇烈的敲門聲。似乎是有人聽到聲音趕過來。但那裡上鎖了。

這樣的話，那個黑色的人影究竟是從哪裡……？

腦中浮現這個疑問時，她心中也充滿了無盡的後悔。

遺產什麼的我都不要了，早知道就該離開這個家……

但一切都太遲了，布滿整個口腔的魚腥味叫她想吐，但即使想吐也吐不出來，極為痛苦的情況持續了十幾秒後，真理亞雙眼圓睜地斷氣了。

十六 頭號嫌疑犯

大面家的晚餐結束後，所有人都回到自己房間。平常似乎會有人在客廳或圖書室打發時間，但這個晚上不同，每個人都立刻窩進房裡。

「他們是想要一個人好好想想吧。」

前來協助的數名黑搜課搜查員和唯木聚在客廳，分配各自負責的區域時，曲矢諷刺地說。

「不過這樣我們比較好做事。」

全部人都待在自己房裡，要監視個人行動也比較容易。

「這樣的話我也——」

俊一郎自告奮勇，但立刻遭到曲矢反對。

「你又不是警察。」

「我在入谷家和月光莊也有監視的經驗。」

「那是因為當時很遺憾地，沒有可靠的我們在你旁邊吧。」

「入谷家的時候曲矢刑警有在呀，只是——」

「只是怎樣？」

「沒辦法依靠罷了。」

「少囉嗦，總之你不准加入監視行列。」

「那我就一個人隨便亂晃囉。」

「不要妨礙我們工作喔。還有，要是發生什麼事就立刻大叫，一定要叫我。不要想說靠你這小鬼一個人解決。」

俊一郎默不作聲，於是曲矢再度追問「行吧？」逼他非得點頭答應不可。

接下來，俊一郎開始在偌大的宅邸內來回走動。如果會出事，時間應該還是晚上吧。順帶一提，初香是十一點左右過世的。

這天夜裡，這棟宅邸從很早開始就一片靜悄悄地。因為大面家土地加上庭院占地十分廣，四周也沒有其他住家或商店，所以或許和平常沒什麼兩樣。儘管如此，屋內的寂靜仍舊透著某種異樣氣息，並非平和安詳的恬靜感，而是宛如暴風雨前的寧靜……那樣的氣氛。

曲矢獲得花守的同意，在走廊轉角等重點處擺上椅子。雖然是為了讓負責監視的搜查員坐，但當然並非是作為休息用，而是為了讓他們能監視每道房門而準備的。

走過一張又一張的椅子，俊一郎內心浮現不安。

與需要監視的繼承者相比，這邊的人手明顯不足，更何況他們的房間又散布在偌大宅邸中，各自離得很遠。一條走廊上有好幾道門，能夠同時監視複數房間這點確實有利，但一位搜查員一次當然只能注意一條走廊，那段時間內，另一條走廊就會呈現無人監視的狀態。

也就是說，我在這邊巡邏也是有點幫助的吧。

曲矢是肯定不會承認的，但俊一郎抱持這種打算繼續在屋內走動。

每次經過搜查員旁時，彼此之間並不會交談，僅是輕輕地點個頭，表示沒有異狀。可是只有曲矢不同。

「快去睡啦。」

「待會兒又昏倒我可不管你。」

「這種事不是死相學偵探的工作吧？」

到最後──

「你是要放著小俊喵不管嗎？」

他居然連這種話都說出來，實在是有夠多管閒事。順帶一提，小俊正窩在俊一郎那間客房的床上。他拜託花守特地準備貓咪的晚餐，小俊吃過之後就乖乖待在床上。

「不准給我在屋子裡亂晃喔。」

為了以防萬一，俊一郎事先警告牠。小俊在享用過美味晚餐後，就心滿意足地睡著了，聽著牠輕微起伏的呼吸聲，俊一郎稍微放下心來。在現在這種狀況下，小俊要是在外頭亂跑遇上什麼事可就不得了了。

俊一郎從宅邸東側走到西側，從一樓爬上二樓、三樓，又從本館一路晃到別館，在這過程中他注意到一件奇怪的事。

只要他一走近，無論哪個搜查員都會立刻將視線移向他，想必是他們早就察覺到有誰靠近了吧。這個行為本身自然是合情合理，畢竟凶手可能正打算悄悄接近下一位被害人，留意周遭動靜是理所當然的。

可是，當這種情況不斷重複發生後，俊一郎開始覺得事有蹊蹺。搜查員一旦發現接近的人是他，就會露出鬆一口氣的表情，這點讓他略感奇怪。一開始他認為這是自然反應，但後來不禁越來越在意。最初只有一、兩個人是這種反應，過沒多久所有人都展現出相同的情緒波動，這一點他也是看得一清二楚。

只是，這些搜查員都是今天才初次見面——或者僅是點頭之交——他實在難以開口去詢問他們。雖說他已經不像之前那樣拒人於千里之外，但仍然無法輕鬆地主動向他人搭話。當然曲矢他沒問題，但那傢伙絕對不可能老實招認。這樣一來，剩下的選項就只有唯木了。雖然和她也是才剛剛認識，但至少兩人曾經交談過。

因此，不曉得在第幾次經過唯木負責的區域時，俊一郎鼓起勇氣跟她搭話。

「那個……」

「是，有什麼特別情況嗎？」

她的反應非常迅速，已經做好能立刻衝向任何地方的準備。

「不是這個……」

「那是怎麼了？」

「是我覺得妳好像有感覺到什麼不對勁……」

她全身微微震了一下，開口問：

「你是說我在執行監視任務時的樣子有異狀嗎？」

「不是只有妳。」

聽到這樣的回答，她非常訝異，然後露出似乎稍稍安下心的表情。但那也只是短短一瞬間的事，就馬上轉為相當嚴肅的表情開始回答。

「一開始我也以為只是自己多心了——但是在負責的區域中一直來回巡邏後，我突然感覺到有某種氣息……」

「從哪裡？」

「多半都是從背後，可是我回頭又沒有看到人……」

「大面家的人呢？」

「頂多就是去上廁所或洗澡，除此之外完全沒有人離開房間。」

「那是我嚇到妳了吧？」

他刻意開玩笑般地說，唯木勉強擠出笑容回應：

「我一開始也是這樣以為，畢竟現在這棟宅邸裡，能夠自由活動的人就只有弦矢偵探你一個人。可是如果是你，在感覺有東西靠近之後，過沒多久你本人就會出現了。」

「但是那個東西不一樣嗎？」

「嗯，不管等多久，都不會有人出現。」

她說這句話時，絲毫沒有露出膽怯的神情，俊一郎不禁暗自有些佩服。

「過沒多久又感覺到那個氣息，我回頭一看，發現從走廊盡頭到我面前的燈泡似乎一口氣變暗……」

屋內走廊上的燈全都點著，但是與宅邸的巨大程度相比，電燈數量和亮度都明顯不足，看起來相當昏暗。要是光線變得更暗，就是半條以上的走廊都要陷入一片漆黑了。

「我以為是我眼花了，眨了好幾次眼睛，但是亮度都沒有恢復。沒多久，突然有個像人影的東西，從走廊盡頭轉角探出頭來……」

俊一郎心想，要是自己肯定立刻拔腿就跑。

「所以我就去確認一下，但是轉角另一頭根本沒有人在。」

唯木展現出的勇氣令人難以置信，他不禁再次暗暗欽佩。

「那個時候電燈也恢復原狀了，我想可能是錯覺，不過類似情況持續發生，到底是怎麼回事——」

「其他還有什麼嗎？」

「最讓我心底發毛的是，彎過走廊轉角的瞬間，察覺到背後有氣息而回頭時，我發現……有什麼東西在剛剛經過的轉角另一頭。」

說到這裡，她的表情難免略顯僵硬。

「因此反應上就慢了一拍，等我過去確認時那東西已經不見了。要是在那個瞬間就立刻採取行動的話——」

「不，在那裡頓了一下肯定是好事。」

「是這樣嗎？」

唯木不服氣地反問。俊一郎便告訴她，據說大面幸子曾經帶回一個來歷不明的黑影，以及外婆給他的忠告。

「曲矢主任知道這些嗎？」

「我還沒跟他說。」

「那我之後會向他報告。」

原本擔心這下她肯定會膽怯，沒想到她居然是先想到曲矢曉不曉得這件事，俊一郎暗暗鬆了一口氣。雖然應當是該讚美她的勇氣，但還是得顧慮一下對手是誰。

「總之，那個像影子般的東西，盡量無視它比較好。」

所以俊一郎建議她之後才離開。

黑搜課已經出現不少殉職人員了，俊一郎打從心底希望能避免再有人殉難。不過除了這個理由，他在無意識之中認同了唯木這個人，或許也占了相當大一部分的原因。

俊一郎再度開始在宅邸內巡邏，過沒多久，突然聽到有聲音傳來。

那是……？

他豎耳傾聽，尋找聲音來源的方向時，又突然傳來猛烈拍打房門的聲響，從宅邸東側傳了過來。

「真理亞小姐！」

同時響起了呼喊聲，那聲音聽起來像是唯木。

俊一郎急忙趕往現場，發現地點是本館東棟二樓的浴室前。他似乎是最後抵達的人，曲矢和黑搜課其他成員都已經在場，正準備要衝破上鎖的房門。

磅、磅、磅！

輕易撞開房門後，曲矢一個人率先衝了進去。那兒是脫衣處，裡頭空無一人。

「喂，沒事吧？」

曲矢朝著浴室裡面喊，但沒有任何回應。

「有聽到嗎？我要進去囉。」

他先打聲招呼，要拉開霧面玻璃門的前一刻俊一郎站到他的身後。黑搜課人員並沒有特別阻擋，讓他順利踏入現場。

但是，當他一看到浴室裡的悽慘情狀，立刻對於自身輕率的舉動感到無比後悔。他認為現在出現了第二個死者，自己有責任要親眼去確認，所以才會毫無遲疑地跟在曲矢後頭，但沒想到會看到這麼恐怖的畫面……

真理亞倒在浴缸裡，張大了嘴，雙目圓睜，那個姿勢看起來簡直像是在慘叫到一半時當場定格斷了氣。

「唔……」

俊一郎忍不住脫口呻吟，曲矢回過頭。

「真是，外行人不該跑進現場。」

「……她死了嗎？」

「嗯，肯定。」

嘴上雖然這麼說，曲矢還是一邊留意不要破壞現場，一邊靠近浴缸，確認真理亞是否確實死亡。

接著，他命令守在走廊上的唯木叫黑搜課的鑑識團隊過來一趟。

「黑搜課有專屬的鑑識人員嗎？」

俊一郎詫異的問。

「這可不是普通的鑑識，是黑術師專用的、擁有特殊技術的團隊。」

曲矢一臉得意地回答。

「一般鑑識的話，就算被害者身上有留下被咒術攻擊的痕跡他們也不會發現吧，但我們那群人就會注意到。占卜之塔裡的那些藥品，也是拜託他們調查。」

「竟然可以組成這種鑑識團隊。」

「當然是花了很多功夫，不過——」

「不，我是說預算上。」

「啊？」

「黑搜課不是正規單位吧？你之前不是說因為這樣所以經費相當短缺嗎？」

「這種無聊事你居然會記得。」

曲矢粗聲粗氣地說。接著伸出右手食指定定地指著俊一郎——

「我話可說在前頭，最貴的就是給愛染老師的謝禮。」

「咦？」

俊一郎立刻浮現惱人的預感。

「黑搜課的鑑識團隊，是在愛染老師的全面協助之下建立的。偉大的高層人士拜託她，然後她也很有意願，接下委託時主動說會特別優惠。」

那討人厭的預感越來越強烈。

「沒想到，所有訓練結束之後，愛染老師寄來的請款單上寫的可怕天價，差點讓所有人眼珠子都要掉下來。」

果然……俊一郎覺得十分羞愧。

「那些偉大高層們在那邊頻頻抱怨這跟原本講的不一樣之類的，但又沒人敢直接跟愛染老師抗議……」

「……怕會遭到詛咒吧。」

「嗯，就是這樣。」

「所以呢，你們有付嗎？」

曲矢點了點頭，俊一郎忍不住垂下頭。

「……抱歉。」

脫衣處的氣氛莫名尷尬，這時唯木雖緊張卻霸氣的聲音突然從走廊傳進來：

「可以打擾一下嗎？」

「什麼？」

她沒有回答曲矢的問題。

「我要進來了。」

就踏進脫衣處，瞥了一眼浴室裡的遺體後——

「對不起，是我的責任。」

她維持立正的姿勢，深深地朝曲矢低下頭。

「不是妳的錯。」

「但是，真理亞是——」

「妳負責監視的，沒錯。」

因為初香死亡而獲利的安正和真理亞是頭號嫌疑犯，所以曲矢決定特別加強監視他們。前者由曲矢親自看著，後者就由唯木負責。

「所以妳不是好好地跟著她到浴室了嗎？」

「沒錯。」

「然後在門外監視著。結果聽到奇怪的聲音，就去敲門並出聲叫她，但那時她已經遭受攻擊了，門又上了鎖打不開。也就是說，當時已經沒有任何辦法了。」

「但是——」

「妳聽好。就算妳跟她兩個人甜甜蜜蜜地一起進去裡面洗澡，也不可能阻擋這場殺人案發生。我有講錯嗎？」

最後那句是朝著俊一郎問的，所以他出聲回答：

「我想曲矢刑警說的沒錯。」

「凶手來過這裡吧？」

唯木仍舊想不開，表情沉重地發問。俊一郎不禁有些猶豫。

回想過往案件，有好幾個案例都不需要凶手接近被害人，換句話說就是黑術師事先對那些被害人施下某種咒術的情況，但那應該看作特例。普通情況下，黑術師雖然會利用咒術從旁協助，不過為了實際執行計畫，似乎還是需要凶手親自對被害人下手。從這層意義來看，跟一般的——在這裡用這個字眼也是有點怪——連續殺人犯或許毫無不同之處。

這次的案件也是，初香在臨死前留下了「黑色的……帽兜……」這個訊息，所以應該可以當作凶手曾經出現在案發現場。只是這樣一來，唯木肯定會感到自責。正因為明白這一點，俊一郎對於該如何回答感到為難，不過呢……

「自從真理亞進了浴室之後，妳就一直監視那道門對吧？」

曲矢毫不在意地問。

「……沒有。雖然我一直待在能夠立刻趕到的地方，但有時候會將注意力分給其他房間或走廊。」

「也就是說，凶手有可能趁妳沒注意時悄悄躲進裡面嗎？」

「……對，我無法否認。」

「但是，門鎖上了。」

聽到俊一郎的意見，曲矢伸手檢查撞壞的門，開口說道：

「這扇門是從裡面轉動把手上鎖的類型，浴室和廁所裡的這種鎖為了怕有人在裡面突然昏倒，通常從外面都能輕易打開才對。但是這扇門不同。它的外側也有鎖孔。」

「我確認一下。」

唯木說完便踏出脫衣處，不過立刻就折了回來。那些繼承者得知意外後就聚集外頭，花守也在。在唯木的詢問下，花守回答宅內浴室和廁所的鑰匙全都是她在管理，現在剛好有帶在身上。

「她說是因為聽到外頭發生狀況，為了以防萬一就帶上了。」

「雖然是沒趕上啦。」

曲矢諷刺地說，同時開始檢查脫衣處的窗戶。

「既然沒從門進來，就只剩這扇窗戶了——」

「這裡是二樓吧。」

俊一郎正打算朝窗外看去時，曲矢已經先將臉探出窗外。

「要爬上這裡，好像也不是不可能。」

「真的嗎？」

換俊一郎接著從窗外往下望，牆面看來的確是爬得上來。雖說如此，對女性來說仍舊不容易，身材不夠輕巧的男性或許也有困難。

「這樣一來，有嫌疑的就是還在念大學的啓太，或是喜歡魔術的博典……」

「不，女性要是和美咲紀一樣年輕，或許還滿有可能的。」

曲矢接著這麼說，但突然又面露難色。

「只是呀，這窗子太窄了。」

「如果是身材削瘦的啓太和美咲紀，應該還勉強可以擠進來吧？」

「嗯……很難說。」

曲矢動手確認窗戶尺寸時，俊一郎擺出思索的姿勢說：

「不過——真理亞成了第二位被害人，那現在嫌疑最重的就是安正了吧。」

有可能爬進脫衣處的人確實只有啓太、博典和美咲紀，不過一旦考量犯案動機，就只剩安正嫌疑最大。因為在黃道十二宮圖上，從真理亞的位置來看，相位落在一百二十度的是已經過世的初香，兩百四十度的則是安正。換句話說，最能因為這兩位女性過世而獲利的人，就只有他一個人。

「那傢伙在哪？」

俊一郎發問後，剛才負責監視他的曲矢眉頭深鎖地回：

「在這裡發生騷動為止，那傢伙都待在自己房間。我剛才一直看著，這點肯定沒錯。」

「安正的房間和這間浴室在同一棟的同一層樓吧。這樣的話從窗戶——」

「爬到這裡是有可能的吧。如果他的體重比現在少三十公斤，而且體能條件以那個年齡來說極為出色的話。」

俊一郎回想他的年齡外型後，也只能同意曲矢的話。

「就算這樣，他是頭號嫌疑犯這點應該沒錯吧。」

曲矢將維持現場的工作交給黑搜課的搜查員，催促俊一郎一同離開，兩人決定找安正問話。

踏出浴室，走廊上擠滿了大面家的人，現場一片喧雜。

「是、是真理亞嗎？」

「喂，她死了嗎？」

「究竟她是在什麼狀態下……」

所有人同時發問，急著想知道細節。

「過世的是真理亞小姐。」

不過曲矢一這樣公告，眾人突然安靜下來。

「死因還不清楚。現在正在等鑑識人員抵達，這段期間內我有一些事情想問。」

這時，曲矢的視線直接落在安正身上。

「首先，是你。」

「咦……？」

接著他也完全不給對方時間掙扎，就將他從現場帶走。

「等等，要去哪……？」

俊一郎慌張追在兩人身後，唯木又跟在他後頭。

曲矢前往的地方是一樓客廳，裡面當然一個人也沒有。比起特地借用其他房間，他認為不如直接選這快得多。

四人走到客廳剛坐下來，久能律師就出現了，他似乎是在接到花守的聯絡後，就立刻飛奔趕來。加上顧慮安正的意願，所以他也陪同留在客廳。

「我就開門見山地問了，黑術師有跟你接觸嗎？」

曲矢問話的方式驚人地直接。不只是唯木、久能，就連最了解他個性的俊一郎也嚇了一大跳。但是受到最大衝擊的，想必還是當事人安正吧。

「你、你、你說什麼？」

「我是在問你，黑術師有沒有向你提議遺囑殺人的計畫。」

「為、為什麼是我？」

「首先初香過世之後，你和真理亞會多分到一筆財產。接著現在真理亞遇害，你又會再獲得一筆遺產。」

「咦……是這樣嗎？」

「少給我裝傻。」

「我又不知道初香和真理亞的星座，根本沒有理由殺她們。」

安正拚命替自己辯白，曲矢依舊用狐疑的眼神盯著他看。

「對、對了。」

安正突然理直氣壯地說：

「會因為真理亞過世而獲利的人，不是只有我一個吧，應該還有一個人。」

「那個人就是初香。」

「這……」

「換句話說，這兩個人過世能獲得最多好處的，就只有你一個人。」

「……不、不是我。」

安正慌亂地直搖頭。

「初香的死因是心臟衰竭吧？那真理亞呢？」

「殺害她們的手段跟黑術師的咒術有關，因此警方也絕對沒辦法證明這是殺人案件，根本不用擔心會遭到逮捕。他不是這樣跟你說的嗎？」

「才、才沒有。」

這時安正似乎終於注意到久能也在旁邊。

「你是我們家的顧問律師吧？還不快幫我說說這個粗魯霸道的刑警。」

「你情緒別這麼激動，先冷靜下來。」

久能絕非認可曲矢的偵訊方式，但他絲毫沒有將這個想法表現出來，反而打算安撫安正的情緒。

「我、我可是被當作凶手了耶。誰還有那種心情呀。」

但他的話似乎造成反效果，安正氣憤地說：

「明明根本沒有證據就亂講別人是凶手，你這樣也算民主社會裡的警察嗎？」

俊一郎擔心曲矢會不甘示弱地開罵，不過──

「不管怎麼說，站在凶手那邊的對象並非一般人，因此我們也跟一般警察不同。」

出乎意料之外，他只是語帶諷刺地回答，讓俊一郎略為刮目相看。不過他講的內容亂七八糟，這點安正似乎也察覺到了。

「刑警先生，你就算去幹一般警察，看來也沒辦法照一般的方式進行偵訊吧。」

他立刻報以極為尖銳的反擊。當然，曲矢對此不可能保持沉默。

「你說什麼？」

兩人劍拔弩張地對峙。

「關於這件事，我有一個想法。」

久能一如往常地用公式化的語氣對安正說。

「就等你這句話了。你快說，我該怎麼辦才好？」

面對眼前露出萬事拜託表情的安正，律師乾脆俐落地建議：

「拋棄繼承。」

「……」

安正張大了嘴，好半晌說不出話。

「首先，只要你離開這個家，就能擺脫行凶的嫌疑，而且也不用再擔心會遭到毒手。這樣一來，你身上的死相肯定也會消失吧？」

講到最後一句時，他轉頭望向俊一郎。

「雖然我不敢百分之百保證，但那個可能性應該很大。」

所以俊一郎出聲回答，同時暗忖，繼承者離開大面家後，身上的死相究竟會出現怎麼樣的變化？我確實想要確認看看。

「……別開玩笑了。」

安正低沉的聲音像是硬從喉嚨擠出來的。

「你是叫我眼睜睜看著一生一次的絕好機會從眼前白白溜走嗎？」

「那也是性命還在才有用吧？」

久能的話無比正確，但俊一郎再次體會到，大面幸子的遺產金額龐大到讓人即使要賭上性命也難以割捨。

「就算得救，要身無分文地從這個家離開……這種事我絕對不幹。」

毫無意外地，安正拒絕了他的提議。

「並不會身無分文，還是會跟至今一樣每個月——」

「那和每個人能獲得的最多遺產相比，簡直就跟身無分文一樣啦。」

「要是死了就會得不償失。」

「聽天由命吧。」

這時，安正表情複雜地望著久能的臉說：

「久能律師，你似乎認為我們是大面家的寄生蟲，這點我並不否認，因為我們確實不事生產，即使你這樣想我也不能說什麼。可是，即使是這樣的廢物也是有自尊的。確實，幸子在生活上是有照顧我們，可是她絕對沒有把我們當家人看待。你可能會心想，都已經讓你不愁吃穿了，還有什麼意見呀。但我也是個人，也有自己的感受。」

「幸子女士和各位之間，立場相當複雜難解，這一點我——」

「你當然清楚吧，但是你肯定沒有真正懂那是什麼感受，不，絕對沒辦法懂的。」

俊一郎對於大面家人際關係的了解，都是從久能那邊聽來的，或是從他提供的繼承者相關報告，還有黑搜課那邊來的二手資訊得知，但他也能推斷肯定極為複雜棘手。他也認為要是身處悠真或安正等人的立場，想必是十分辛苦。但是，在大面幸子的庇蔭下，長年無所事事，不出門工作而活到今日，也是他們自身的責任。

安正簡直就是得了便宜還賣乖。

因此俊一郎內心浮現一股憤怒，但現在不是動怒的時候。

要是所有人的心情都跟他一樣……

要是即使繼續有人遇害，大面家也沒有任何一個人願意離開，那情況可能就只是接二連三地出現犧牲者而已。

十七 黑搜課的使命

黑搜課的鑑識人員抵達，將現場全部勘查完畢後，俊一郎等人才回房就寢。

但小俊大概因為剛剛都在休息，精神好得不得了，讓他頗感無奈。今天都沒能理牠，現在牠一直叫俊一郎陪牠玩，吵得要命。俊一郎也想過不如偷偷把小俊丟進曲矢房間好了，但他肯定一整晚不用睡了，這樣會影響到之後的搜查行動，雖然很遺憾，還是只能打消此念。

在簡單淋浴之後，俊一郎就立刻鑽進被窩。

「我很累要睡覺，你不要來吵。」

他明白地向小俊宣告，但內心依然先做好小俊不會乖乖照辦的心理準備，沒想到……

喵嗚～

小俊撒嬌地應了一聲後，就聽話地爬上床，縮成一團準備睡覺，讓俊一郎十分意外。

咕嚕咕嚕、咕嚕咕嚕。

沒過多久，牠的喉頭就發出放鬆的咕嚕聲，俊一郎才終於明白，小俊似乎是因為平常不能和他一起睡在床上，所以現在光是這個狀態就感到心滿意足了。

這下回家以後就麻煩了。

「我要一起睡！」「不行！」在自己和小俊吵個沒完的夢境中，俊一郎沉沉睡去。

隔天早上，黑搜課的新恒警部就到了。他一如往常的時髦西裝打扮和紳士舉止，一口氣抓住所有女性的目光，甚至連花守都不例外。

因為他身旁站的是曲矢刑警，相形之下就顯得更加迷人了吧。

俊一郎忍不住暗自竊笑。

「你在偷笑什麼，感覺好噁心。」

當事人曲矢狐疑地看著他，更讓他幾乎要忍不住大笑出聲。

新恒、曲矢、唯木，還有俊一郎，四個人在客廳展開搜查會議。首先，曲矢向新恒報告昨晚的情況，唯木再補充一些細節，不過……

「弦矢也有什麼要說的嗎？」

新恒主動問他，俊一郎就提了那道黑影的存在。

「原來如此，我就覺得奇怪。」

從曲矢的反應看來，他果然也有察覺到那股異樣氣息。不過他立刻生氣地說：

「這種事情你要早點講呀。」

「雖然外婆有告訴我，但一不小心就……」

「你以為說不小心就算了嗎？」

「而且要是講了讓你們害怕，也不太好……」

「你說誰會害怕呀？」

這時新恒極為自然地插話，感覺已經非常習慣兩人唇槍舌劍的場面。

「關於那個不知名的黑影，我也曾聽愛染老師提過。」

「咦，警部也是嗎？」

曲矢露出不滿的表情，但新恒看起來並未放在心上，繼續往下說：

「不過那道黑影會協助黑術師或凶手的可能性似乎相當低。話雖如此，當然也不會站在我們這邊。」

「意思是它不會妨礙我們搜查嗎？」

面對唯木的發問，新恒回道：

「沒錯。基本上請各位無視那東西的存在，但依舊嚴禁掉以輕心，要是察覺到有危險，請立刻離開現場。」

「警部是叫我們離開堅守的區域嗎？」

唯木表情緊繃地問。新恒微微笑了笑才說：

「我的意思不是叫你們直接逃走，頂多只是暫時撤退。等你們認為沒有危險時，請繼續回到崗位上執行任務。」

「好，我明白了。」

接著，新恒開始說明黑搜課針對悠真受到綁架一事的調查結果。

「大面家的繼承者中，沒有人擁有或是有立約租借不動產，所以我們現在正在調查大面集團、大面家，還有大面幸子名義下的不動產，現階段還沒有獲得任何成果。」

「如果犯人是安正——」

曲矢表情凝重地說：

「他肯定會在對接下來兩個繼承者下手前先殺了悠真吧。」

「在悠真死後，原本所處相位會讓安正造成損失的兩人反而能替他帶來好處。為了創造這種情況，的確有必要預先讓悠真死亡。考慮到這一點，事情就如你所說吧。如果凶手是計畫一個晚上殺一個人，那無論如何都必須在今天晚上之前找到監禁悠真的地點。因此現在黑搜課所有人都出動了，正合力在找他。」

「來得及嗎？」

唯木的聲音中透著不安，新恒語氣認真地回：

「我們只能盡力。」

聽到兩人的對話，俊一郎不禁脫口而出：

「要是悠真想辦法靠自己的力量，從監禁的地方跑出來……」

「你說那什麼蠢話。」

但是曲矢立刻反駁。

「總之──」

新恒重新振作起精神說：

「關於悠真的下落，我們只能全部交給負責這項任務的搜查員。然後我們有我們必須在此進行的工作。」

「調查初香和真理亞的連續殺人案對吧？」

曲矢充滿幹勁地說。新恒點點頭，口中卻說出意料之外的臺詞：

「案件搜查當然也要做，不過現在應該立刻著手的，是要保護每一位繼承者的性命安全。我們必須說服他們所有人放棄遺產。」

「我們……嗎？」

對著目瞪口呆的曲矢，新恒再度點了點頭。

「通常為了遏止案件發生，只有逮捕犯人一種方法。但這次的案件在這一點上有很大的不同，除了逮捕兇手之外，我們還有其他防範未然的手段。」

「消除兇手的動機。」

聽到俊一郎的回答，新恒面帶微笑地回：

「只要所有繼承者都放棄遺產，殺人行為就會自動停止。黑搜課的使命雖然是追捕黑術師，揪出遭他操縱犯案的凶手，不過保護可能被害者的性命也是我們的職責。」

「可、可是警部……」

曲矢語氣哀怨地說：

「大面家裡的人長期生活在極為特殊的環境裡，事情不會那麼順利喔。即使你問他們性命不是更寶貴嗎？那些人也不會因為這樣就輕易放棄遺產的。」

「無論有多麼困難，從黑術師手中拯救那些可能被害者也是我們的使命。」

新恒的決心十分堅定。話雖如此，派曲矢去說服眾人完全是反效果，對俊一郎來講又負擔過重，唯木則乾脆表明「我沒有信心」。

因此決定在久能律師的陪同下，由新恒一一跟每位繼承者談話。表面上的理由是要偵訊各人──的確也有進行關於案件的質詢──不過真正目的是要勸說繼承者放棄遺產。

偵訊時曲矢也有參與，唯木和俊一郎雖然也在現場，但完全沒有開口說話，因為新恒和曲矢分別巧妙地扮演白臉和黑臉，出色地完成了偵訊。不過與其說曲矢特意假扮黑臉，可以說他只是單純展現原本的刑警風格。

儘管如此，幾乎沒有任何收穫。受到其他繼承者懷疑是凶手的有身為幸子異母弟妹的太津朗、真理子和安正，身為養子女的啓太、美咲紀、博典、華音和莉音，以及將司。眾人的答案毫無交集。沒有被任何家人懷疑的居然只有早百合一人。而且沒有一個人擁有確切的不在場證明，沒人能夠提供線索，也沒人親眼目擊案件發生。

只是，在原先的目的上倒是有些斬獲。這是新恒面對大面家諸位性格特異的成員，不屈不撓、認真說服的結果。曲矢和俊一郎絕對做不到的艱難任務，新恒漂亮地達成了。不過，或許小俊的活躍也占了部分功勞。

偵訊和勸說總共花了將近半天的時間，這段期間內，小俊大搖大擺地多次出入當成談話地點的客廳。一開始俊一郎也會把牠趕出去，但也有繼承者因為小俊在場而顯得較為放鬆，所以新恒同意讓小俊「出席」。儘管如此，小俊只是隨心所欲地不停自由進出。這棟宅邸十分寬敞，牠肯定是覺得在裡面探險很有趣。是說牠這隻貓最喜歡受人注目，自然會頻頻出現在塞了六個人的客廳裡。

在新恒的努力和小俊隨性的行動下，居然有半數繼承者同意放棄遺產。拒絕的是太津朗、真理子、安正、美咲紀和將司五個人。

十位繼承者之中，反應最難以捉摸的是華音和莉音兩個人。完全搞不清楚她們腦中到底在想什麼，讓人覺得十分無力，兩人又表示偵訊一定要一起進行，而且從頭到尾就只有華音一個人開口講話，光是要溝通就十分困難了。俊一郎不禁擔心，這下就連新恒也難以應付吧？但警部幾乎用一句話就成功打動她們了。

「下一個目標，就是妳們兩位。」

就算先不管安正到底是不是凶手，在黃道十二宮圖上，相位落在他的兩百四十度和一百二十度的初香和真理亞連續遭到殺害是事實，從這點來看，接下來的被害者是位於九十度和一百八十度的華音及莉音的可能性，明顯相當高。

新恒拿著黃道十二宮圖向她們說明，但華音和莉音仍舊沒有什麼特別反應，俊一郎心想，這兩個人果然是無法溝通，可事實上似乎正好相反。這個說法極有說服力，在新恒出聲確認後，兩人乾脆地決定放棄繼承。

那天傍晚，早百合、啓太、博典、華音和莉音五個人，坐上黑搜課準備好的車，暫時離開大面家。按照啓太的要求，他們離開的事沒有事先知會剩下的五個人。那幾個人要是曉得他們放棄繼承遺產離開家裡，肯定要講閒話，啓太不樂意見到這個場面，而早百合和博典也投贊成票。

五個人被帶到東京都內的某間飯店，然而為了確認死相是否真的有消失，其實俊一郎和曲矢也悄悄同行。既然他們離開了大面家的土地，已經失去繼承者資格這點是無庸置疑的，但是誰也不能保證事情不會有個萬一。要是俊一郎在所有人面前進行死視，結果還看到死相，肯定會引發一場騷動。因此新恒判斷要避開眾人耳目，暗地前往比較好。

俊一郎等五人坐在飯店大廳的椅子上後，就從觀葉植物的陰影中用死視觀察。不過要是一口氣看五個人又昏倒就糟糕了，所以他這次慢慢依序一個一個看過。

「怎樣？」

曲矢性急地問，但他根本還沒看完。

「真的有消失嗎？」

曲矢繼續追問，俊一郎仍不作聲。

「喂，到底是怎樣啦？」

曲矢耐不住性子，看起來就要大聲了，所以——

「噓。」

俊一郎先伸出右手手指比在嘴上，才小聲回答：

「結果有點奇怪。」

「怎樣奇怪？」

曲矢不假思索地反問，露出「不會吧……」的表情。

「喂，該不會沒消失吧？」

「不……是有變淡。」

「什麼？沒有完全消失嗎？」

「濃度大概變成一開始看到的一半吧。」

「你的意思是死相消失了一半，但還剩下一半嗎？」

「……嗯。」

「五個人都是嗎？」

「所有人身上的死相都一樣。」

「這是怎麼回事？」

俊一郎思考了一會兒才說：

「這頂多只是我的猜測——」

「無所謂。」

「因為放棄繼承遺產，所以死亡威脅自動解除了。但是凶手還不知道這件事，所以死相才會殘留一半……」

「原來如此，聽起來滿合理的。」

「可是……」

「有哪裡奇怪嗎？」

曲矢出聲詢問。但俊一郎自己也說不上來究竟是哪兒不對勁，沒辦法回答他。

「總之先回報吧。」

兩人回到車上，曲矢打手機給新恒，將五個人身上殘存的奇妙死相告訴他。

「一半的死相嗎？」

新恒似乎也相當吃驚，立刻提議了一個計畫。

待會兒他會按順序叫留在大面家的五個人過來，一個一個告訴他們其他五人放棄了繼承遺產的事。事先決定好告知的順序和時間點，同時讓俊一郎在飯店中用死視觀察那五個人。這下不就能知道是在告訴誰之後，五人身上的死相消失了嗎？

「這樣搞不好就能找出凶手。」

曲矢似乎也對新恒的這個計畫感到佩服，立刻轉告俊一郎。從他的神情看來，似乎認為俊一郎理所當然會立刻贊同，但後者最先在意的卻是執行時需要花費多少時間。

如果只是告知五個人，根本花不到一分鐘。但為了弄清楚死相是在告訴誰之後消失的，每個人之間都必須間隔一段時間。考量到這點，至少應該需要五分鐘吧，實際上搞不好需要更久。

新恒利用手機的免持擴音功能如此回答時，心中早已猜到俊一郎在擔心什麼。

「弦矢，你如果一直維持死視的狀態，對身體會造成很大的負擔嗎？」

「通常死視都是只有一瞬間，就算稍微看得比較仔細，頂多也是四、五秒吧。至少還不曾有超過十秒的情況。」

「在第二輪的無邊館案件中，你用死視觀察那個詭異派對的所有出席者時，是怎麼做的？」

曲矢提起了五骨之刃那起案件時，在新宿都民中心舉行聯合慰靈祭的事。

「那時我不是一直維持死視的狀態，而是在觀察每個人時都分別切換一次。」

「原來是這樣呀。」

「如果像剛剛在這裡做的那樣，一次看一個人，應該就不會有問題。」

「好，那就這麼辦吧。」

接著三人詳細地討論進行方式。

首先將留在大面家宅邸的五個人集中在同一間房內，再分別叫他們到另一間房來，告知放棄遺產的五人姓名。這時曲矢就待在飯店玄關，從維持免持擴音狀態的新恒手機聆聽他和繼承者的對話。接著，每一個人結束談話後，曲矢再向隱身於觀葉植物陰影後的俊一郎比手勢，然後俊一郎就會用死視觀察坐在大廳的五位放棄遺產的大面家成員。要是他們身上的死相沒有消失，他就打暗號給曲矢，再由曲矢將結果轉達給新恒。得知死視結果後，新恒會叫下一個人進來，並告知同樣訊息。之後就是不停反覆相同的流程。另外，為了不讓聽說遺產放棄名單的人和尚未知曉的人碰頭，必須將他們隔離在不同房間。叫他們進房的順序是安正、太津朗、真理子、美咲紀、最後是將司。

雖然是自己決定的順序，但因為第一個人就是安正，所以俊一郎在等待曲矢的暗號時內心十分緊張。不管怎麼說，他都是目前的頭號嫌疑犯，順利的話說不定就能將案件一舉解決。

在玄關玻璃門的另一側，曲矢舉起右手。俊一郎看到他的舉動後，立刻用死視觀察早百合。

……沒有消失。

他也看了一下剩下的四個人，但死視結果和剛剛一模一樣，仍是留著一半的死相。

安正不是凶手嗎？

他心情有些鬱悶地伸出雙臂，比出一個大大的×通知曲矢，過沒多久，對方又再次舉起右手打暗號。

這次俊一郎也是先從早百合看起，而死相仍舊沒有消失，其他四人也都一樣。

結果，即使將放棄遺產的五人姓名告訴所有留在大面家的繼承者後，還是沒有任何人的死相消失，他們身上變淡的死相還是一開始看到的那副模樣，絲毫沒有發生任何變化。

這十個人的性命，仍舊處在死亡陰影的籠罩之下。

十八　十二之贄

「我打個電話給外婆。」

俊一郎在飯店外和曲矢碰頭後，拋下這句話就逕自坐上車，撥電話到奈良外婆家。

嘟嘟嘟……來電答鈴作響的期間，俊一郎誠心祈求千萬不要是那位福部太太來接電話。

『喂，你親愛的偶像，愛染老師的粉絲後援會。』

沒想到卻遇上更令人頭痛的情況。

『喂喂？千萬不要害羞，請告訴我你的尊姓大名。』

那聲音裝得十分年輕，講話方式也跟真正的偶像極為相似，但一聽就知道絕對是外婆本人。俊一郎立刻全身竄過一陣寒意。

『喂喂，你幾歲呢？是帥哥嗎？有錢嗎？』

問題如連珠炮般朝他不停射來。

「……我說呀，外婆。」

俊一郎忍不住不耐煩地開口。

『什麼呀，是俊一郎喔。』

外婆的聲音立刻一百八十度大轉變。

「等等。這樣是說妳連打電話的人是誰都不曉得，就在那邊講什麼愛染老師的粉絲後援會嗎？」

『當然呀。要是知道對方的來歷，誰還講得出這種話呀。』

「不，一般來說是相反吧。」

『你這就外行了。正因為不曉得對方是誰，所以才驚險刺激呀。』

「外婆妳到底是哪方面的專家呀？」

『像我這麼優秀，當然任何方面都是專家等級囉。其中特別出色的——』

「算了，妳還是別講好了。」

『你這人，不聽一輩子都會後悔喔。以後肯定要痛哭流涕地說……如果那個時候我有聽外婆講……』

「不，聽了我才會後悔。那個時候，為什麼浪費時間在聽那種沒意義的東西呀……像這樣。」

『哦，你嘴巴也越來越厲害了嘛。』

「那是因為，我好歹也是外婆妳孫子呀。」

『哪裡哪裡，你這麼稱讚我會不好意思。』

「沒有人稱讚妳喔。」

「喂。」

曲矢責備的低沉聲音在俊一郎耳邊響起。他似乎是動怒了，在心裡暗罵這種沒營養的東西你們到底要聊多久呀。

「那個，外婆呀，我現在其實沒有時間跟妳像平常一樣講這些垃圾話。」

『你說誰平常在講垃圾話呀。』

「外婆呀。」

『你太沒禮貌了。就算是親生外孫，我也不准你這麼沒家教。』

「一接電話就劈頭說些莫名其妙廢話的，不曉得是誰喔？」

『真的，到底是誰呀？』

「所以呀——」

「喂！」

曲矢飽含怒意的聲音響遍車內，俊一郎急忙將至今發生的情況告訴外婆。

「——因為這樣，接下來我們要回大面家去，但我現在有點不曉得該從哪個方向來處理這起案件。」

『……』

即使俊一郎講完話，外婆也不作聲。對平日相當多話的外婆來說，這是十分少見的反應。

「外婆？」

『……』

「喂～～妳有在聽嗎？」

『……』

「睡著了嗎？」

『為什麼我會在講電話時睡覺呀？』

「沒，我只是想說外婆的話倒是有可能。」

『那當然，沒有什麼我做不到的——是說俊一郎，現在不是開玩笑的時候。』

要是平常的外婆，肯定會從這裡又繼續搞笑。她不尋常的態度讓俊一郎內心突然浮現不安。

「怎麼了？妳有想到什麼嗎？」

『你在電話裡跟我提到久能律師的委託內容時，其實我有想到某個令人有點在意的咒法。』

「這種事上通電話妳可沒講喔。」

『……那個時候我以為應該沒關聯呀。』

俊一郎總算想起來，當時外婆的確好像有在意著什麼事情。

「那個咒法是？」

『十二之贄。』

外婆說明完漢字後接著說：

『這個十二指的是十二生肖。分別找齊屬鼠、牛、虎、兔……等代表各個生肖的十二人，並將他們當作祭品，就能實現目前這一世的任何願望。這是一個非常邪惡的術法，就叫作十二之贄。』

「但是……」

『沒錯。大面家的案子不管怎麼想，看起來都像是圍繞著亡者遺囑上寫的黃道十二宮所發生的遺產繼承殺人案件。大面幸子女士對西洋占星術相當有研究，而且黃道十二宮中就有十二個星座了，實在沒有必要特別用到十二之贄。』

「但是外婆妳就是覺得在意吧。」

『是呀。如果那時候有立刻告訴你……』

「也就是說，表面上包裝成黃道十二宮殺人案，但實際上凶手打算執行的是十二之贄嗎？」

『考量到繼承者放棄遺產後身上的死相並沒有消失，而是變成這種不上不下的狀態，我覺得這個可能性相當高。』

「嗯～～也可以這樣想不是嗎？因為繼承者放棄遺產，所以凶手的殺意消失了，可是由於他們身上中的咒法尚未解除，才會還留著一半死相。」

『這個就講反了。』

「什麼意思？」

『出於某個特定動機而設下的咒法，通常只要那個動機消失就會自然解開了。』

「……這樣呀。」

『咒術的世界看起來天馬行空，好像什麼都有可能，但其實裡面自有它的道理存在。』

「確實，都有規則依循的。」

『但我搞不懂的是，要是凶手真正的目的是十二之贄，那他為什麼要綁架悠真。』

對於外婆提出的疑問，俊一郎思索著回答。

「凶手是打算執行黃道十二宮殺人案，所以事先綁架了悠真。可是黑術師真正的目標是十二之贄，是這樣吧？」

這次他們原本就曾經懷疑過，本案中黑術師和凶手之間搞不好從一開始認知上就有歧異，所以俊一郎才能立刻講出這番聽起來頗為合理的解釋。

但是外婆似乎沒有接受。

『黑術師並非絕對會幫助凶手，這點應該是可以肯定的。但是呀，我覺得他也不會一開始就欺騙凶手。』

「為什麼？」

『因為黑術師的目的是，將潛伏在每個人內心深處的扭曲陰暗面拉出表面，並將其激發到最大，讓凶手動手行凶。在這個過程中要是欺騙凶手，黑術師本身的樂趣不就減半了嗎？』

「我好像有聽懂，又好像沒懂……」

『算了。總之，我實在不覺得黑術師和凶手之間的認知有那麼大的差異。』

「既然外婆妳這樣堅持，那肯定是這樣。」

『這麼輕易就相信我好嗎？』

「我要是不相信妳明明就會生氣。」

『你是把我當小朋友喔？』

俊一郎差點要針對這句話反擊，但及時打消念頭。現在不是鬥嘴的時候。

「這段時間一直跟黑術師交手，所以外婆想講的事情我好像多少也能夠理解。也有這個原因。」

『哦，你成長不少嘛。』

「……是這樣嗎？」

俊一郎謙虛應對。

『一切都是外婆我的功勞啦。』

但聽到這種話後，當然是再也按捺不住了。

「雖然的確是有受到外婆一些照顧，但是——」

『「一些」是什麼意思？』

「所以說，就是『一些』——」

『真要算的話，應該是很大的照顧吧。這孩子真是的，都不知道我有多麼辛苦。那應該是你上小學的時候吧……』

「那種陳年往事就別提了。」

『你很討厭去學校，每天都說要待在外婆身邊。那時候真的是有夠可愛呀。』

「我說呀，現在沒有時間講這種話——」

『還有，那個是你在——』

「好呀，要來翻舊帳的話，我可是也有很多可以講。那是我在——」

「喂！」

曲矢第三次出聲制止後，俊一郎費盡九牛二虎之力才又將談話拉回正軌。儘管如此，兩人還是沒有想出什麼有效的對策，只是再度確認接下來仍舊必須高度關注那十個人。

掛上電話後，俊一郎正打算將談話內容告訴曲矢，後者就撥了電話給新恒。利用免持擴音的功能，兩人就能同時聽到俊一郎的敘述。

『十二之贄……嗎？』

俊一郎講完後，新恒語調沉重地喃喃覆述。

『如果凶手的動機不是遺產，那事情就會很棘手。』

「可是警部，從現在大面家的狀況來看，還會有其他動機嗎？」

曲矢說出十分合理的疑問。

『是呀，怎麼想都覺得沒有，但搞不好黑術師就是要讓我們這樣想。』

「真是個難纏的傢伙。」

『弦矢，你覺得呢？』

新恒問他意見，俊一郎尋思著說：

「調查這件案子到現在，是有幾個我覺得不太對勁的地方，可是……卻又說不上來是哪裡奇怪。大概是這種感覺。」

「你振作點啦。」

不用曲矢提醒，俊一郎心中也正因必須趕緊解決案件的壓力而焦急。

新恒似乎察覺到他的思緒，開口說：

『總之，弦矢你就專心在解開案件謎團上。』

並告訴曲矢，等他們兩個回去後，再來討論今晚大面家的監視任務。

俊一郎等人回到大面家後，立刻照電話中所說的在客廳開會。在場人士有新恒、曲矢、唯木、還有俊一郎四人。這時警部提出的方案是狸貓換太子的作戰方式。

「現在完全無法預測留在大面家的五個人中，接下來會遇害的是哪一位。因此我想讓搜查員分別祕密潛進五人房中。凶手可能不會注意到房裡的人已經掉包了，因而照常現身。另一方面，放棄繼承遺產的五個人也有遭到襲擊的危險，所以也需要加強警戒。這個方式應該能比普通的警備方式更有機會揪出兇手。真正的繼承者，我打算請他們移動到別館二樓的客房。」

曲矢和唯木立刻表示贊同，只有俊一郎遲疑地開口：

「兇手的目標是繼承者，所以搜查員應該是不會有危險，但是也沒辦法完全保證……沒錯吧？」

「我早就有這種覺悟。」

新恒立刻回答。曲矢雖然沒開口，但堅定地點了點頭。

「但是……」

「我們不只是警察，同時還是黑搜課的成員。你放心。」

「這樣的話——」

俊一郎話才說到一半，新恒就斷然拒絕。

「不行。我絕對不會同意讓弦矢加入行動。」

「如果說各位是警察和黑搜課搜查員的話，那我可是死相學偵探。」

但俊一郎繼續嘗試說服他。

「你萬一發生了什麼事，我該怎麼跟愛染老師交代才好。」

新恒神情認真地厲聲說道。

「要是那樣的話，誰來照顧小俊喵呀！」

曲矢生氣地大吼。

接著新恒開始分配搜查員的工作。這時他考慮的是，雖然無法準確預測，但最有可能遭受攻擊的是誰這個問題。可無論他怎麼想破腦袋都沒有結果，因此，事到如今還這樣說有點奇怪，不過現在仍舊是頭號嫌疑犯的安正房間，就由新恒駐守，可疑度第二高的美咲紀房間則讓曲矢進去看著。順帶一提，將美咲紀列為可疑度第二高的人就是曲矢。剩下來的太津朗、真理子和將司的房間，就由黑搜課加派的其他搜查員負責。

然而，唯木對這個決定提出異議。

「請讓我加入。」

「妳就按照之前擔任監視的工作。」

新恒堅持不同意。

「至少有必要挑選跟原本的繼承者相同性別的人吧？」

不過唯木沒有輕易退縮。

「年齡、外貌，甚至連最重要的星座我都不管了，沒道理特別顧慮性別。」

但新恒還是乾脆地拒絕。

沒過多久，太陽西沉，所有人用完晚餐洗完澡後，謎樣連續殺人案的第三天夜晚，就靜悄悄地揭開序幕。

十九　內與外（三）

今天不會來嗎？

悠真仍舊持續用廁所衛生紙架試圖轉鬆門上鉸鏈，心中同時疑惑著。

黑衣人第一天和第二天都有出現，告訴他大面家目前的情況，悠真明白對方肯定是為了每天觀察自己的狀況才會來的。就算對方強調不會傷害自己，但畢竟還是很恐怖，當然也不可能相信他。所以悠真打算堅定自己的意志，但現在看來似乎是多餘的擔心。

要是他會來，應該早就出現了吧。這裡還有充足的食物和飲用水，不用害怕會挨餓。在這層意義上，就算黑衣人不過來，也絲毫不用擔心。

不過要是他會來，還是希望他早點來。因為今晚終於把鉸鏈轉開一半了，現在就算上著鎖也能把門打開。

如果那個黑衣人在我跑出去後才過來的話……

悠真可不希望發生這種情況，所以現在心情十分矛盾，明明根本不想碰到那個人，卻希望他要是會出現，不如就盡快來吧。

前天，初香死了。

昨天，真理亞死了。

這要是因黃道十二宮而起的遺產繼承殺人案件，第三個將遭到殺害的就是自己。悠真非常清楚這一點。

所以他打算盡早拆掉鉸鏈，從硬生生撬開的房門逃出去。

別館二樓客房的某間房裡，被強迫移動到此的安正，將高爾夫球棒放在伸手就能立刻拿到的旁邊，正啜飲著威士忌。

不管凶手是誰，我都會用這個把他敲昏。

他認為初香是因為毫無防備，而真理亞是太過掉以輕心，兩人才會遭到殺害。何況兩人都是女性，反擊力道也不會太強，才會輕易死在對方手上。

我可就不同了。

隨著酒精在血液裡發酵，他毫無根據的自信更是膨脹起來。

我肯定會讓他嘗嘗苦頭。

然而安正完全沒有發現，實際上因為他已經喝醉了，反應變得相當遲鈍。

與安正相隔兩間房的客房內，太津朗正心無旁騖地敲打筆電。

《大面家的慘劇》。

他正在撰寫的，是自己也身為當事人之一的這次案件。他打算將真實故事整理成小說，再寄給出版社。

說不定我有寫紀實小說的才能——

字句如泉水般不斷從腦中湧出，即使他不停敲打鍵盤，手指的動作還是跟不上大腦的速度，想要寫下來的話越積越多。

至今他嘗試過推理、恐怖、科幻、冒險、奇幻等各種題材的創作，但從來不曾寫完一整本小說。他日復一日地在電腦前坐了好幾個小時，卻只打了幾行字，有這樣的結果可說是毫不意外。

但是這次不同。想寫出來的內容、應該寫出來的事情有太多太多，似乎怎麼寫都寫不完。

然而，太津朗絲毫沒有意識到，他只是將自己的體驗毫無編排地隨意塗寫，這些文字離紀實小說還差得遠了。

還有另一件事他也完全沒有想過——接下來，自己有可能會以《大面家的慘劇》的被害者角色在故事中登場。

在太津朗隔壁的客房中，美咲紀趴在地板上，全神貫注地不曉得在畫什麼。

叩、叩、喀、喀、唰——伴隨著這些聲響，她用粉筆接二連三地畫出圓形、直線或各種符號。一本陳舊的大部頭書籍翻開擺在旁邊，那是她從占卜之塔中偷偷帶出來的大面幸子藏書中的一本。

美咲紀將書上的圖形正確地重現在地板上，那是個以她為中心，朝外擴展的偌大圓形圖案。她打算藉著描繪這個封閉的圓形，將自己封印在裡頭。

只要我待在這個魔法陣裡面……

美咲紀心無二用地一筆一畫勾勒著的，是個據說能防止任何魔物侵入的結界，她打算一步也不踏出結界外。

當然她並不知道唆使凶手的黑術師，其實精通各種咒術這件事。

安正隔壁的客房中，將司單手握著球棒，喝乾了一瓶又一瓶的啤酒。

當初悠真被綁架時，我還覺得滿痛快的，可是……

說實在的，真的沒想過事情會演變成這個地步。雖然自己對於初香和真理亞過世不會特別感到悲傷，但也並非毫無感覺。

聽到居然有五個人放棄遺產時，浮現心中的念頭是太好了，不過……

現在從自己房間搬到其他房間後，開始覺得或許那些逃出去的人，他們的選擇其實才是正確的吧？

我才不會因為這種莫名其妙的原因就死去。

原本這個想法十分堅定，但關在這間房裡的時間越久，信心也逐漸崩解。

我是不是太被安正牽著鼻子走了……？

雖然跟他感情算不上多好，也沒有覺得他比自己厲害，但或許還是在無意識間受到影響了。

然而，兩人此刻的行為一模一樣，都將護身用的武器備在手邊，並沉溺於酒精之中這點，安正和將司絲毫不知情。

在美咲紀隔壁的客房中，真理子縮在被窩裡不住地發抖。

還是應該逃走的……

內在的本能似乎早就不停叫她這麼做，然而她卻因為初香死後安正和真理亞得利，自己卻蒙受損失這點，選擇無視內心的聲音。

都已經失去一半的遺產了，還要我連剩下的一半都放棄……

我才不要！

但是，真理亞死了……

在那之後自己就應該下定決心的。新恒警部都特意來勸說了，自己卻硬生生讓機會溜走。

不，現在也還來……

真理子慢慢爬起身，正要踏下床的時候。

從宅邸的某處，傳來了有如扯裂絲綢般的慘叫聲。

俊一郎和昨夜相同，在大面家的宅邸內巡邏，連巡邏的順序都如出一轍，從宅邸東棟走到西棟，從一樓爬到二樓、三樓，再從本館走到別館。

不過，他真正留意的只有別館而已，因為現在五位繼承者都集中在那邊的客房裡。當然黑搜課的搜查員也正監視著，只是在新恒的考量之下，決定隱身起來。接下這個任務的人其實是自告奮勇的唯木。當時新恒似乎猶豫了一瞬間，但最終還是答應了，這應該是警部在衡量危險性之後作出的判斷。

另一方面，在繼承者原本的房間附近，刻意派駐多位搜查員站在顯眼的地方，這是為了掩護狸貓換太子之計不要穿幫的偽裝。但如果凶手在五位繼承者之中，這個障眼法就無法發揮任何效果，反而可能賦予對方一個絕佳的機會。

因此新恒命令唯木「一定要躲起來」，這是為了不讓凶手明白五位繼承者就在那裡，另一方面，也為了萬一凶手在五人之中，可以防止他入侵其他四人的房間。正是個一石二鳥之計，因此俊一郎也贊成這個方案，只是內心同時隱隱感到不安。

萬一真的發生事情，只有唯木一個人沒問題嗎？

而且她為了讓別人完全看不見自己，還刻意蹲坐在昏暗走廊角落的陰影中，萬一突然發生什麼狀況，那個姿勢可能會讓她沒辦法瞬間採取行動。

因為還有這層顧慮，雖然可能會惹新恒警部生氣，但俊一郎相當頻繁地繞去別館。

就在他不曉得第幾次踏進別館時。

啊啊啊啊啊啊啊——

從本館西棟的方向，傳來了相當尖銳的叫聲。

女人的慘叫？

剩下的繼承者中，女性就只有真理子和美咲紀了。

俊一郎趕緊衝上二樓，在兩人的房門前來回跑動敲門時，隱身的唯木走了出來。

「怎麼了嗎？」

「剛剛有聽到像是女人慘叫的聲音吧？為了以防萬一，得確認一下在這裡的兩位女性是否沒事——」

兩人對話時，安正單手抓著高爾夫球桿，將司則雙手握住棒球球棒，分別從房裡出來。

「出事的是誰？」

「遠處有傳來叫聲吧？」

這時太津朗也出現了，隨即加入談話。

「發生什麼新的進展了嗎？是什麼？請告訴我。」

唯木為了讓吵鬧不休的三人閉嘴，高舉雙手說：

「各位，請你們先安靜下來，請不要擅自行動。」

她打算趕他們各自回房，不過這個時候，最旁邊的門也稍稍拉開了一個縫，真理子滿臉不安地探出頭來。

「發生了什麼事？」

俊一郎一看到她的臉，就立刻跑到美咲紀房前，不斷拍打房門。

「我是弦矢。妳沒事吧？請回答我。」

俊一郎和唯木開始認真擔心起房內的美咲紀，四位繼承者也——不知道什麼時候真理子也跑出來了——開始亂成一團時……

「……我沒事。」

房內終於傳來微弱的回應。

「沒有什麼不對勁的狀況嗎？」

「對。」

「請讓我親眼確認一下妳平安無事。」

「……我沒辦法開門。」

俊一郎這瞬間轉頭和唯木對看了一眼。

「我明白了。或許像妳這麼小心反而比較好。」

唯木臉上的表情寫著，相較之下其他那幾個人實在是……

「我去另外一邊看看。」

俊一郎將別館交給唯木，兀自朝著似乎是慘叫來源的本館西棟跑去。

他一進到西棟，就先快速而概略地確認二樓情況，再上三樓。這時曲矢和另一位搜查員正好要踏進華音的房間。

「是這裡嗎？」

俊一郎出聲問他們。

「還不知道。你先在走廊上等。」

曲矢說完就走進房間，但沒過多久便走出來。

「沒有人在，也沒有異狀。」

「那應該是隔壁莉音的房間吧？」

「嗯，確認一下。」

曲矢再度使用向花守借來的備份鑰匙開門後，就踏入莉音房間。但這裡也立刻就檢查完畢似地，他一臉摸不著頭緒的表情又走了出來。

「什麼都沒有呀。」

「該不會……」

就在俊一郎喃喃低語的瞬間。

啊啊啊啊啊啊……

嗚哇喔喔喔喔……

嘎啊啊啊嗚喔……

不像人類能發出的好幾道淒厲慘叫在東側炸開，聽起來明顯是從別館方向傳過來的。

「各位，真的請你們趕快進房間。」

唯木一邊趕四人回房，心中一邊暗數這已經是講第四次了。四人是除了美咲紀之外的安正、太津朗、真理子與將司。

可是，或許是至今他們都獨自待在房裡擔憂，那份原本壓抑的焦慮現在獲得釋放，每個人依舊吱喳喳地講個沒完，絲毫沒有離開的意思。他們可能覺得現在既然宅邸內其他地方已經出事了，那自己應該很安全。

「如果大家不想一個人的話，那我們就找個寬敞的房間四個人一起移過去如何？」

唯木暗忖這樣下去沒完沒了，遂出聲提議。

「……那是什麼？」

真理子聲音虛弱地說。一看過去，她正望著唯木身後，眼神滿是恐懼。

咦……？

這時唯木隱隱約約聞到一股異臭，她立刻戒備。在黑搜課的資料中，有提到那道黑影會散發令人作嘔的臭味。

她馬上回頭，看見走廊前方的昏暗之處，站著一個身著黑衣、以帽兜遮住臉的人。

那不是黑影，是凶手！

快逃——不過唯木連出聲警告的時間都沒有，眼前頓時陷入一片黑暗，全身虛軟地倒在走廊地板上。

看到真理子和唯木的反應，安正也注意到那個全身黑色的人。

他為什麼會在這？

第一個浮現的念頭是疑惑。剛剛的騷動不是發生在本館嗎？為什麼他現在卻出現在別館呢？

他腦中雖然一片混亂，然而近在眼前的威脅馬上拉回他的意識。

快逃。

這時，他右手緊抓的高爾夫球棒倏地變得沉重，下意識將視線瞥過去後，他的大腦完全無法理解眼前究竟發生了什麼事。

……螃蟹？

不計其數的小螃蟹爬滿高爾夫球杆，順勢攀上他的右臂，轉眼間就擴散到他全身。

「啊啊啊啊啊！」

安正驚恐地大叫，瞬間就有螃蟹竄進他張開的嘴巴，揮舞牠們小小的蟹螯不停剪向舌頭和牙齦。

安正將右手伸進口中，想要挖出黏滿模糊血肉的螃蟹，但他突然全身發顫，砰地一聲倒在走廊上，全身劇烈地痙攣著，過了一會兒終於不再動彈。

將司看到走廊另一頭的黑衣人時，全身竄起一股寒意，打從心底感到後悔，果然應該要早點逃出去的。

但在他持續盯著黑衣人看後，心中的恐懼似乎稍微淡了一些。

看起來好像滿弱的嘛。

將司產生了這種想法。開始覺得對手要是眼前那傢伙，自己搞不好能夠打贏。

混帳，居然害我們之前那麼擔心害怕。

將司雙手握緊棒球球棒，擺好架式朝黑衣人走近，他正要往對方腦門狠狠揮下棒子時，背後突然傳來一股壓迫感。

他下意識地回頭望去，那裡出現了令人不敢置信的東西。

一頭巨大的獅子。一頭遠比在動物園或電視裡看到的更大隻的獅子，威風凜凜、四腳穩穩地站在那裡。

將司驚愕地愣在原地，獅子一躍而起飛撲過來，兩隻前腳按住他的雙肩，張開血盆大口，狠狠地朝他的頭部一口咬去。

那就是，凶手嗎……？

太津朗的視線定焦在黑衣人身上，全身因為恐懼和興奮兩種情緒交雜而不住發抖。

他非常害怕，但是這個體驗可以寫進紀實小說裡。

這時候他的腦中就只有這個念頭，但他可沒打算要和那傢伙扯上關係，白白送上小命。

太津朗轉過身正想逃走時——

怎麼會……

沒想到在走廊上的另一邊，已經有另外一個駭人東西佇立著。

那個真面目不明的黑影。

什麼時候……腦中浮現這個疑問的同時，他決定要逃進客房，把自己鎖在裡面，直到有人來救他為止。

咦？

這一刻他突然發現自己和房門之間放著一個小小的水瓶。明明剛才沒有這東西，是什麼時候出現在那裡的？

這種東西——

跨過去就好了。太津朗這樣想，抬起單腳往前邁步時，突然跌進一個裝滿水的巨大水瓶中。

他先是直直往下沉，不過立刻拚命想要浮上水面。他非常努力嘗試，可是每次在他差點就能將頭探出水面的瞬間，水面就會突然上升、離他遠去。因此不管他多麼努力往上划，都仍然困在水中。

真理子瞄到那個黑衣人的瞬間立刻打算逃跑，不過她轉向走廊另一頭時，那道黑影立刻映入她的雙眼。

那是幸子大姊的……

她立刻轉回黑衣人所在的那個方向，但轉念一想，那道黑影才是比較無害的選擇，如果能一口氣從它旁邊跑過，或許就能獲救。

真理子轉過身正要拔腿奔跑，卻猛然撞上某個龐然大物，當場摔倒。

什、什麼東西？

她倒在地上抬頭一看，發現身旁站著一頭牛。那絕非錯覺。毫無疑問地是一隻活生生的牛。

啊，金牛……

她立刻聯想到自己的星座，這時那隻牛的壯碩肚子已經一口氣逼近眼前。

不、不要……

真理子連發出聲音的機會都沒有，嘴巴和鼻子就已經讓厚實的肉壁堵住，再也無法呼吸。

俊一郎等人趕到別館二樓時，唯木、安正、將司、太津朗和真理子五個人都倒在地上。而且五個人裡還有呼吸的，只剩下唯木一人。其他四人臉上的表情十分猙獰扭曲，就連外行人都能看出他們皆已斷氣。

「妳沒事嗎？」

聽到新恒的聲音，唯木慢慢爬起身。

「……好像，突然就一陣頭昏。」

這時她才終於發現周遭的慘狀。

「咦……怎麼會……？」

她目瞪口呆了一會兒，在聽到四人都已經死去後，隨即開始責備自己。

「……對不起，是我的責任。」

「不，責任在我。」

新恒斷然否定她的說法，但是唯木沒辦法接受。

「本館西棟的那聲慘叫，是凶手的調虎離山之計吧。」

對於曲矢懊惱的發言，俊一郎無力地點頭。其他搜查員也是，所有人內心都充滿無力感。

「立刻請鑑識團隊過來勘查現場。」

第一個振作起來的人，是新恒。

「在鑑識人員抵達前，我們先調查宅邸內部。」

接著就俐落地決定每個人的工作。

留在大面家的繼承者，只剩沒有踏出房門的美咲紀一個人活了下來。搬到飯店的五個人，所有人都平安無事。

接著還有一個好消息。搜查員在後院發現了昏倒在地的悠真。

二十 真相

因為悠真身體極為虛弱，當場就直接叫救護車送他去醫院。性命似乎沒有大礙，但送他離去時，新恒的表情非常凝重。

「悠真能在情況不可挽回之前及時靠自己的力量逃出來，真是值得慶幸。我很佩服他的勇氣。只是，對於我們沒辦法找到他這點，我深感慚愧。」

他身為黑搜課的負責人，似乎感到十分自責。

「我接到報告，從占卜之塔找到的藥品中有麻醉藥。悠真可能是在被施打了麻醉藥的狀態下遭到綁架的吧。搞不好在監禁期間他也因為這個藥而失去行動能力，但最後居然還能自己逃出來。」

鑑識人員沒多久就抵達大面家，開始進行現場蒐證。另一方面，宅邸內部的搜索行動也持續進行中。

俊一郎沒有參與任何一方行動，而是和唯一的倖存者美咲紀談話。

「我是因為有那個特殊的魔法陣才得救的。」

她再三如此強調。

「妳怎麼畫的？」

「義母的藏書中有關於魔法陣的書，我從裡面找出可以保護自己的圖形，把它畫在客房地板上。」

這句話似乎瞬間勾起俊一郎某種莫名感受，但美咲紀的話中沒有任何奇特之處。好奇怪呀。

他邊想邊繼續向美咲紀詢問情況。因為他認為美咲紀之所以能夠獲救，與其說是魔法陣的功勞，不如說是由於她拒絕離開房間，所以沒有和凶手面對面身處同一個空間之中。

俊一郎告知自己的想法後，美咲紀顯得十分不高興。

「才不是，真的是魔法陣保護了我。」

「就算凶手進到妳房間去也是嗎？」

「當然，他還是沒辦法對我怎樣的。」

她自信滿滿地回答，但隨即又突然露出害怕的神情。俊一郎可沒看漏。

「怎麼了？」

「魔法陣保護我這點是真的，只是……從門邊陰影有什麼東西一直盯著我看，也是事實。」

「妳是說客房的門打開了嗎？」

「不，我想實際上應該沒有打開，只是看起來是那樣。」

「是什麼東西盯著妳看？」

美咲紀遲疑了一會兒才說：

「……我。」

「咦……妳自己？」

「對。那個悄悄從門邊陰影探出來的臉，是我，可是她臉上的邪惡笑容就連我自己都沒有見過，她就一個勁兒地盯著這邊。我忍不住緊閉雙眼祈禱，接著就從走廊上接連傳來嚇死人的慘叫聲……」

換句話說，美咲紀也和其他人同樣遭到襲擊了，但她平安無事的原因應該是她沒有到走廊上，凶手沒有親眼看見她，再加上那個魔法陣或許也有發揮一點點功效吧。會出現和自己一模一樣的幻影，是因為她是雙子座。要是那時有發展成實質攻擊，她就會被自己殺害，在臨死前體驗到驚悚駭人的一刻吧。

搜索範圍從宅邸內部推展到整個大面家境內後，發現占卜之塔地下室的房門遭到破壞，而且從室內找出了墊子、毛毯、電暖爐、防災用品組、還有裝著食物的塑膠包等物品，顯然悠真之前就是被監禁在這裡。俊一郎當時的猜測其實是正確的。

「也就是說我們來調查的時候，真如警部所說，悠真是因麻醉藥而沉睡，被人搬到其他地方去了吧？」

曲矢懊惱地說。相對地，俊一郎接話的態度十分淡然。

「這裡實在太大了，如果只是要暫時藏住失去意識的他，有太多地方可以選。」

不過他終於明白那時來調查占卜之塔時，總感覺不對勁的地方是什麼了。俊一郎將這點告訴曲矢後，他立刻追問：

「到底是什麼？」

「那座塔的一樓是水晶之間，二樓是塔羅的房間。可是一樓裡比起水晶相關書籍，魔道書和魔法書反倒多得多，而且還不是擺在書架上，是堆在桌上或地板上。二樓也一樣，塔羅牌都好好地收在櫃子裡，但是那些啟人疑竇的實驗器具和藥瓶就放得亂七八糟。那些書和器具，恐怕是從地下室搬上來的。」

「因為要把悠真關在地下室嗎？」

「要是把東西留在原地，他就會知道那是哪裡。一旦他曉得自己還在大面家裡頭，對凶手就相當不利吧，因為他肯定會一直大聲呼救。」

「混帳！當時應該要想到的。」

曲矢又是一臉懊喪的模樣。

「不好意思，我要先去休息了。」

俊一郎這樣說後，曲矢的表情十分奇妙，他可能以為俊一郎會更投入在搜查中吧。不過俊一郎也沒有多說什麼，逕自回到房裡，躺在床上開始專心地思考。接下來的時間，他只是心無旁騖地一直思索關於大面家連續殺人案件的一切。

小俊立刻就跳到床上來。雖然有點好奇這傢伙今天晚上不曉得都跑去哪玩了，但現在不是管這種事的時候。俊一郎伸手摸著小俊的頭、後頸或後背，同時靜靜地沉思。

喵呼～

小俊發出舒服的叫聲，放鬆了俊一郎的心情。接著，他更加全心投入在案情推理後，開始無意識地搓揉小俊的肉球。推理過程漸入佳境，他持續地揉著小俊的耳朵。順帶一提，小俊一點都不會感到討厭，反而十分享受。

咕嚕咕嚕、咕嚕咕嚕。

牠從喉嚨發出心滿意足的聲響，俊一郎聽著聽著不知不覺地就進入夢鄉。他醒來時已經是隔天早上，身上安穩地蓋著被子，大概是小俊半夜幫他蓋的。

吃完早餐後，他請似乎徹夜沒睡的新恒和曲矢招集所有相關人士。

「這個意思是……」

「你明白案件的真相了吧？」

那個瞬間，兩人一掃原本疲憊睏倦的神色，臉色頓時亮了起來。然而，和新恒持續顯得興奮的表情相比，曲矢的神色立刻轉為狐疑。

「你這傢伙該不會又打算在案件相關人士面前，扮演名偵探解開謎團吧？」

俊一郎雖然不擅長與他人溝通，但不曉得為什麼，每每到了解決案件的場面，就會突然變得和善有禮，話也多了起來。要是看過他至今惹人嫌的一面，這個大變身的改變程度之劇烈，或許也能稱得上是恐怖片等級了。

「聽好了，我們——」

曲矢認定俊一郎心裡是這個打算，正想開口數落他時——

「曲矢刑警，我想請放棄遺產的五位前繼承者回到這裡，這個任務能交給你指揮嗎？」

新恒立刻下了指示，曲矢便沒立場再多說什麼。

儘管如此，所有案件相關人士抵達大面家客廳時，已經是當天下午的事了。

黑搜課這邊有新恒警部、曲矢主任、唯木搜查員、還有弦矢俊一郎四人。不，小俊也算在裡面。牠端正地坐在椅子上，擺出一副要參加案件解決現場的姿態。

大面家的人則有繼承者美咲紀、還有放棄遺產的早百合、啓太、博典、華音和莉音、最後是久能律師這七人。

為了小心起見，悠真仍舊在醫院休養。花守都待在那邊，隨侍他身旁照顧。至於大面家案件的情況，為了避免影響悠真的身心狀況，所以沒有告訴他細節。不過什麼都不講也會造成反效果，所以花守正一點一滴地透露給他知道。

「那麼——」

俊一郎面帶微笑地出聲，眾人紛紛望向他。新恒仍舊是一張摸不透的撲克臉，曲矢的表情相當不悅，唯木則是眼神裡透著期待。另一方面，大面家的成員顯得相當困惑，看起來像是明白接下來要發生什麼事，但其實又搞不清楚狀況的模樣。

久能像是要代表大面家眾人似地，慢條斯理地開口發言：

「不好意思馬上就打斷你，但現在是打算要做什麼？」

「雖然遲了一些，但我現在要來履行久能律師的委託了。」

「你是說……案子解決了嗎？」

久能的話讓大面家的六人突然起了一陣騷動，不過俊一郎似乎沒有放在心上。

「在聽了久能律師的描述，加上實際遭遇案件之後，我們認為這起案件是根據黃道十二宮的相位所引發的遺產繼承殺人案。」

「嗯，正如你所說。」

久能出聲附和，俊一郎接著說下去。

「首先初香遇害，接著真理亞第二個遭到殺害時，情況的確是如此。當時也有因為兩人出事而獲利的頭號嫌疑犯安正在。」

「可是，他也被殺了……」

「不只他，還有太津朗、真理子、將司也都遇害。在這個時間點，被害人一口氣從三個增加到六個。同時，黃道十二宮相位殺人的推測也直接宣告錯誤。」

「不是因為遺產才犯案的嗎？」

對於曲矢的疑問，俊一郎回答：

「不，這點無庸置疑。只是兇手並沒有打算進行相位殺人這種麻煩事。我想問一下久能律師，悠真以外的繼承者過世的情況下，那個人的遺產會怎麼處理？」

「會平均分配給剩下的繼承者。」

久能說明答案時，神情顯得十分戒備，他或許是擔心俊一郎等一下會說出驚天動地的發言。

「所以呢，全部人都在警戒會發生黃道十二宮相位殺人時，兇手選擇對初香和真理子下手，讓大家懷疑安正。要是華音和莉音還留在這個家裡，接著遭受攻擊的應該就是妳們兩位。」

「兇手為什麼要這麼做？」

「為了掩飾要殺掉所有繼承者的計畫。」

用不著曲矢開口發問，幾乎所有人在聽到久能的話時，就猜到兇手的動機了。話雖如此，當俊一郎清楚地將答案說出來的瞬間，顫慄不安的情緒仍舊立刻席捲了整間客廳。

「兇手想必是發現到，既然在黑術師的幫助下就算執行相位殺人也不會被定罪，那其實還有獲得更多遺產的方法。」

「殺了所有繼承者嗎？」

「對，悠真過世的話，他的遺產全都會歸屬於大面集團，但其他人的情況不同。」

「換句話說，凶手是……」

「最後存活下來的唯一一位繼承者，美咲紀小姐。」

所有人的視線都集中在她身上時，只有俊一郎的目光是落在全部人上面，繼續說：

「如果是年輕苗條的美咲紀小姐，就能從脫衣處的窗戶爬進真理亞遇害現場的本館二樓東棟浴室。」

這時，唯木舉手表示：

「但是美咲紀小姐昨天晚上，應該是一直待在她分配到的那間客房裡才對。」

「她從別館二樓的窗戶爬出去，入侵本館三樓的西棟。放棄遺產的幾位，他們的房間沒有人看守，所以要躲在華音小姐和莉音小姐的兩間房間中相當容易。她在發出慘叫後就立刻跑回來，不過自然是必須花上一段時間，所以我敲門時，她隔了一陣子才出聲回應。」

「我只是不想從魔法陣中出來。」

美咲紀出聲反駁，俊一郎正打算回她時——

「這樣的話……」

久能卻率先開口。

「為什麼美咲紀小姐要綁架悠真呢？如果動機是為了獨占所有繼承者的遺產，那應該跟他沒有關係才對。」

「為了讓大家以為凶手的計畫是黃道十二宮相位殺人吧？」

唯木的意見又立刻被曲矢反駁。

「這樣風險太高了吧。凶手為了讓大家誤以為是黃什麼的殺人而能獲得的好處，和他綁架悠真必須付出的代價相比，看起來根本不成比例。」

「我也是這樣認為。」

久能表達贊同後……

「我也是。」

俊一郎的想法也一樣，讓曲矢嚇了一跳。

「什麼我也是呀。這是你的推理吧！」

「而且如果凶手是美咲紀小姐——」

但俊一郎完全無視曲矢的吐嘈逕自往下講：

「動機則是獨占所有遺產，那麼就無法解釋為什麼放棄遺產的五個人身上，死相沒有完全消失。」

「說的也是。」

曲矢忘了剛剛被忽略的事，點了點頭。

「所以，我決定放棄美咲紀小姐是凶手的這個想法，繼續往下推理。」

「所以個頭啦！」

曲矢咬牙切齒地罵。

「也就是說，我去思考有沒有情況是既符合遺產繼承殺人案件，但又並非黃道十二宮相位殺人，而且悠真也有可能因此遇害的呢？」

「所以咧，有這種情況嗎？」

原本氣呼呼的曲矢，態度突然一百八十度大轉變。

「有。」

「什麼情況？」

「最後接收遺產的人，不是大面家繼承者的情形。」

「你說什麼？」

不只曲矢，幾乎在場所有人都忍不住驚呼。

「這是什麼意思？」

「就像悠真過世的話，原本屬於他的遺產會全部歸給大面集團，所有繼承者都過世的情況，結果不也相同嗎？」

俊一郎轉頭看向久能，後者開口回答：

「沒錯，正如你所說。」

「凶手深信過世的大面幸子女士，遺願是讓大面集團發展得更好。所以他希望能讓大面集團獲得所有遺產，為了達成這個目標，他必須讓所有繼承者相繼死去。」

「該不會，那個凶手……」

「就是久能律師。」

大面家的成員全都不可置信地狠狠瞪著久能。想必此時他們內心正因突然得知原本深信不疑的對象，居然暗地背叛自己，而感到十分震驚吧。

不過當事人久能並沒有特別焦急的模樣，仍舊極為冷靜地回話。

「原來如此。從動機的層面，還有看起來像隨機連續殺人這一點，確實我自己也覺得這個說法十分合理。但是弦矢偵探，我真的有機會犯案嗎？還是說你認為我這個白髮蒼蒼的老人能在犯案現場爬進爬出嗎？」

「沒錯。」

俊一郎一臉蠻不在乎地回答：

「從隨機連續殺人的理由和動機來考量，久能律師完全符合凶手的條件，可是無論怎麼想，久能律師都不可能完成那些犯案行動。放棄遺產的那五個人，身上的死相沒有完全消失這一點，對久能律師來說也相當有利。」

「你這混帳……」

曲矢像是喃喃自語般地低聲咒罵。

「根本就是故意的。」

俊一郎無視他的反應。

「在這裡推理卡住了，所以我決定回到根本重新思考。凶手的動機真的是爭奪遺產嗎？這起案件，真的是因為那份遺囑而引發的殺人案嗎？」

「喂喂！」

曲矢再度忘記自己剛剛才遭到無視，又出聲追問：

「沒有其他動機了吧？」

「這時我想起了我外婆曾經提過的，十二之贄這個咒法。」

俊一郎先說明這個咒術之後，才接著說道：

「如果就像我外婆擔心的，黑術師真的慫恿凶手執行十二之贄這個恐怖的術法——表面上裝作是黃道十二宮相位殺人，但實際上是打算殺掉所有繼承者——有沒有可能呢？」

「為了什麼？」

「為了讓死者復活。」

「啊……？」

「為了讓已經過世的大面幸子女士再度甦醒。」

眾人喧嘩的聲響只維持了短短幾秒鐘，客廳又立刻安靜下來。令人心底發毛的寂靜，瀰漫在現場的每個角落。

「有傳聞說……過去在占卜之塔的地下室裡，曾執行過不老不死和煉金術的詭異黑魔法。有人打算藉用黑術師的力量，真正實踐它。」

「這樣一來兇手就是……」

「花守管家。」

「……動機是這個的話，人選大概就只有她一人了吧。」

「而且如果是花守管家，她可以用備份鑰匙自由進出任何房間。」

「等等！」

曲矢似乎想起什麼不得了的事情而大叫出聲。

「喂，花守現在在醫院吧。悠真不會有事嗎？」

「不用擔心。」

「你有什麼根據講——」

與情緒激昂的曲矢形成強烈對比，新恒語調沉穩地回答：

「病房裡還有黑搜課的搜查員，不會有問題的。」

「關於悠真——」

久能在這時插話進來。

「他有算在十二之贄裡頭嗎？」

「沒有，他不算。只有排在黃道十二宮上的十二位繼承者算在十二個祭品之中。」

自己差點就成了讓死者復活的祭品……大面家成員得知這件事後，每個人臉上都失去血色，似乎唯有久能沒有受到打擊。

「那為什麼花守管家要綁架悠真呢？」

「老實說，那裡我也一直想不透。不過我突然想起來，之前曾經聽說過悠真和幸子女士的丈夫，恒章先生年輕時的外表長得很相似——」

俊一郎刻意在此停頓了一下，曲矢的眼神透著嫌惡說：

「也就是說，她打算讓悠真成為大面幸子復活後的新任老公……這個意思嗎？」

「這樣想一切就很合理。」

「這太瘋狂了吧。」

對於曲矢低聲的評論，在場所有人看起來都無言地贊同。每個人臉上都露出些許的厭惡神情。

「關於那個計畫呢——」

不過，仍舊只有久能維持一貫的冷靜態度。

「與其說是花守管家遭到黑術師的勸誘，應該是幸子女士在過世之前，親自託付給花守管家的吧？」

「然後黑術師從旁助一臂之力……」

曲矢接著說完，俊一郎再補充。

「講到助一臂之力，大面幸子女士生前不曉得從哪裡帶回來的那個真面目不明的黑影，可能也有幫忙這個計畫。」

「原來如此。」

「這樣幾乎可以說——這起案件真正的凶手，是過世的大面幸子女士呢。」

「這也太……」

曲矢啞口無言，在場每個人的反應都與他無異，尤其是大面家的成員，個個驚愕莫名，完全愣在原地。他們差點就要捲入同父異母的姊姊，或是自己義母的驚悚復活計畫，陷入隨時可能丟掉小命的狀況，一時難以接受也是正常的。

「必須先拘捕花守管家。」

聽到新恒的話，久能問：

「但是，沒辦法定她罪吧？」

「沒錯，這就是和黑術師扯上關係的案件，最大的難題。」

「但是警部——」

唯木忍不住抗議，旁邊的曲矢沉默地望著下方，應該是在回想整起案件，思索各個細節。但是他的這副神態，也只有維持到俊一郎低聲說出下一個連接詞為止。

「只是……」

那個瞬間，曲矢猛然抬起臉來。

「喂，只是什麼？」

「只是，仔細考慮初香遇害的情形，我總覺得有點不太對勁。」

「你說什麼？」

曲矢的語氣激動到幾乎像在挑釁。

「你這個混帳，現在才說這什麼——」

「沒事沒事，然後呢？」

新恒出聲制止氣憤不已的曲矢，催促俊一郎繼續往下說。

「初香小姐在悠真的房間遭到殺害，從她的房裡找到了兇手留下的紙條。我是這樣推理這個情況的。兇手當初是打算在初香小姐的房間殺害她的，所以才會在她房間的桌面擺上寫著『悠真在我手上。什麼都別做，乖乖等到四十九日結束。』的紙條。但後來不曉得是哪裡出了差錯，犯案現場變成了悠真房間。原因可能是兇手要拿他房間中的物品給失去自由的悠真，而就在他正四處翻找東西時初香小姐來了，才會決定當場下手吧。」

「弦矢偵探，也可以這樣推理呢。」

久能立刻補充。

「初香小姐是唯一會擔心悠真安危的家人，所以才把紙條放在她房間。在放完紙條之後，兇手就移動到悠真房間，而後初香小姐過來，之後情況就一樣了。」

「我認為這比兇手一直埋伏在初香小姐房間的推理來的更加合理。」

「的確是這樣。」

「不過，考慮到兇手留下那張紙條的目的和他想達成的效果，與其放在初香小姐的房間靜待有人發現，不如直接擺在被害者遺體上面更好得多吧？」

「那張紙條的目的——」

久能代替俊一郎開始說明。

「是為了牽制其他繼承者，避免他們擅自展開黃道十二宮殺人。考量到這一點，兇手肯定希望越早有人發現那張紙條越好才對。」

「儘管如此，紙條是在被害者房裡發現的。」

「為什麼兇手要這麼做呢？」

「因為寫那張紙條的人並不是兇手。」

「啊？」

「那張紙條是綁架犯寫的。」

「不是，所以我的意思是——」

「綁架犯和殺人凶手，不是同一個人。」

「……」

不只久能，所有人都好半晌講不出話來。

「綁架犯在自己的房裡寫好紙條後，不曉得出於什麼緣故去了悠真房間，在那裡碰上殺人凶手，因此成了第一位被害人。」

「這樣說來，綁架犯是……」

「初香小姐。我想她會把悠真關起來，應該是擔心他的安危。從這個角度來看，不覺得『什麼都別做，乖乖等到四十九日結束。』這句話別有含意嗎？」

「假設真的發生關於遺產繼承的殺人案，直到幸子女士的四十九日為止就是最危險的時期，所以初香小姐為了保護悠真……」

「我聽說她對悠真的關懷有些偏離常軌，那份情感藉由綁架和監禁這種驚人行為展現出來。」

「你有證據說初香是綁架犯嗎？」

對於曲矢的質問，俊一郎搖搖頭。

「現階段並沒有實質物證，但如果在這個假設之下搜索她的房間，或許可以找到什麼線索。」

「那部分就交給我們。」

聽到新恒的話，俊一郎朝著他行禮後，才又接著說：

「如果是情況證據的話，除了剛剛的推理，我還有發現其他東西。」

「是什麼？」

「寫在紙條最後的，顛倒的星星記號。」

俊一郎開始說明漢字，同時進行以下的解釋。

「我認為那是將『星』這個漢字拆開來後倒過來的意思，這樣一來就會變成『生』和『日』兩個字。而且『生』這個字可念成『UBU』，和『初』相同；『日』可以念成『KA』，那就和『香』一樣，兩個字接起來就會得出『初香』這個名字。」

「我們似乎從頭到尾都困在一個巨大的誤解裡呢。」

新恒皺眉說道。

「斷定黑術師接觸的對象一定就是綁架犯。」

「沒錯，我也是這樣以為。」

「但事實並非如此。」

「黑術師挑中的人選並非綁架悠真的人，反而是遭到綁架的他本人。」

「……」

就連平常總是不展露情緒的新恒，也在這時顯得十分動搖。久能也不惶多讓。而曲矢張大了嘴，唯木愣在原地。大面家的所有成員都露出一種跟不上眼前談話的表情。

「黑術師慫恿他——既然現在遭到綁架又遭到監禁，只要有這個堅不可摧的不在場證明，就算殺光所有繼承者，也不會有人懷疑到你頭上來。不，執行這個任務的，肯定是黑衣女子吧。像悠真這樣的成長背景，還有考量到他在大面家的立場，要讓他動手執行遺產繼承殺人案件，對黑衣女子來說肯定是輕而易舉的事。」

「動機是為了獨占遺產嗎？」

新恒語調沉痛地問。

「恐怕是這樣吧。第二封遺囑中寫得清清楚楚，只要所有繼承者都過世，全部的遺產都將歸悠真所有。」

久能無語地點點頭，曲矢見狀忍不住感歎。

「初香小姐的遇害現場會是悠真的房間，或許是他關在地下室太無聊，為了回房間找東西來打發時間時，運氣不好剛好遇上初香小姐。」

「想要拿手機或遊戲機嗎？他還只是國中生呀。」

曲矢的語氣十分沉重，似乎還對事實感到難以置信。

「只是，那時候碰上初香小姐，對他來說也算是幸運。因為要是殺人案發生後，初香小姐可能會心生畏懼而放他出來，原本堅不可摧的不在場證明就沒了。所以不管怎麼想，她都會是第一個被害人。而她之所以會去悠真房間，非常諷刺地，搞不好和悠真的理由相同。」

「黑衣女子有告訴悠真，綁架他的人是初香嗎？」

「應該有。」

「那監禁地點的問題呢？」

「當初我們的推理是——去占卜之塔搜查時，事先警覺的凶手對悠真下麻藥，將他搬到別的地方。不過還有更簡單的答案——他在地下室察覺到我們從一樓進來後，就將墊子和電暖爐等用具都搬到廁所並躲在裡面。只要等我們離開那座塔後再從廁所出來，重新鋪好墊子就好了。」

「他會從內側拆掉地下室門邊的鉸鏈，只是為了要裝成被害者嗎？」

聽了新恒的問題，俊一郎點頭說明：

「或許在一開始——黑衣女子接觸他之前——他是真的打算要拆掉鉸鏈逃跑，可是既然同意加入惡魔般的計畫，那就轉變成增強不在場證明的材料了。」

「據說悠真的運動神經極為出色，那應該可以躲在宅邸內的任何地方吧。在所有繼承者之中最符合凶手條件的，其實就是他了。」

新恒確認似地講完這句話，又接著問俊一郎：

「弦矢你是認為，悠真會在昨天晚上假裝從受困地點逃出來，是為了讓我們以為他知道大面家正在發生黃道十二宮相位殺人嗎？」

「有這個可能，另外他可能也是認為一直拆不掉門上的鉸鏈會顯得很不自然。不過看起來最有可能的，還是黑搜課的警戒遠比他原先預期的還森嚴，所以他決定速戰速決。」

「所以才會昨天晚上一口氣就對四個人……」

「唯木警官聞到的臭味有可能不是來自那道黑影，而是好幾天都沒洗澡的悠真身上發出的異味。」

「你這樣一說——」

唯木一邊回想一邊說：

「我在走廊上的位置，比起那個影子，的確是跟凶手要近得多。」

「不過悠真因為一口氣殺了四個人，精神上受到相當大的衝擊，所以才沒有回到占卜之塔的地下室，而是打算另外找個地方躲起來，卻在走到後院時體力不支昏倒在地。」

「喂。」

此時，曲矢像是突然發現什麼似地說：

「放棄遺產的五位繼承者，身上死相消退一半那個現象，是代表什麼含意？」

「我當初是認為，雖然因為他們放棄遺產讓凶手殺意消失，但施加在繼承者身上的咒法尚未解開，所以死相才會還殘留一半。」

「嗯呀，你那時候是這樣講。」

「但是我外婆說應該是相反。在某個特定動機下施加的咒法，只要那個動機消失了，通常也會自動解開。」

「如果放到這次的案件上來說，是什麼意思？」

「五個人決定放棄遺產後，咒法就解開了，但凶手對這件事並不知情。他的立場讓他無從得知這個消息，所以凶手的殺意仍舊殘留著，作為一半的死相顯現出來。我認為應該是這樣。」

「完全沒辦法獲知有人放棄遺產這件事的，就只有悠真這個意思吧？」

「所以他昨天晚上一開始是先入侵原本應該在宅邸內的華音小姐和莉音小姐的房間，但是她們兩個都不在房裡。我是不曉得他有沒有因此察覺到兩人離開大面家了，不過他當場臨機應變，將計畫改成調虎離山之計。」

「混帳。」

曲矢嘆了一口氣，俊一郎忽略他的反應，略顯遲疑地說：

「只是……」

「喂喂，這次又是怎樣啦。算我拜託你，不要鬧了！」

曲矢不假思索地過度反應，俊一郎無力地對他搖搖頭說：

「不，不是啦。在醫院裡，花守管家應該已經逐漸告訴悠真這起案件的情況了才對吧。」

「嗯，我收到的報告是這樣說。」

新恒回答後，俊一郎神情複雜地說：

「可是放棄遺產的五位，他們身上的一半死相還是沒有消失。」

「你說什麼？」

「這個意思是——」

曲矢和新恒同時出聲，俊一郎接著說：

「意思就是，悠真從一開始就計畫殺害所有繼承者，打算將所有的遺產、連同他們每個月的生活費，全都據為己有。」

終章

解決大面家案件三天後的傍晚，俊一郎爬上產土大樓的屋頂，正在和外婆講手機。

『聽說悠真已經認罪，開始作口供了。』

「妳消息還是有夠靈通。」

俊一郎當然也有收到案件後續報告，但多半仍是外婆先得知詳情。

『黑衣女子似乎只有來過兩次監禁地點，第一次是找他提議遺產繼承殺人案的時候，第二次則是帶食物來給他。』

「就算對方只是個國中生，他們也不會無微不至地幫忙呀。」

俊一郎暗自幻想——要是當時能對監禁中的悠真問話，他肯定會說溜嘴，講出一些只有凶手才會曉得的資訊，這樣三兩下就能輕鬆破案了。

『悠真說，在殺人時穿上大面幸子女士過去常穿的連帽黑衣是他自己的主意。是受那個黑衣女子的啟發嗎？』

「等偵訊結束，他……」

『好像會被送到特殊機構，在那邊接受精神治療，等情況穩定下來再讓他重返社會吧。』

「那遺產呢？」

『就算悠真本人親口認罪，還是沒有證據能證明這是一起謀殺案。這樣的情況下，原本過世那幾位繼承者的遺產就會根據大面幸子女士的遺囑，依照黃道十二宮相位來分配。不過，因為除了美咲紀小姐以外的五個人都放棄了遺產，所以連同那五人份，都會由悠真和美咲紀小姐平分吧。』

那份龐大的遺產，真的能讓兩位繼承者獲得幸福嗎？俊一郎感到十分懷疑，他忍不住在內心祈禱，希望事情真能如此順利。

『話說回來，你在哪裡講電話呀？怎麼有聽到風聲。』

「在事務所這棟大樓屋頂上的長椅。」

『怎麼又來了！還不快點下去，會感冒！』

「小俊也和我一起，不會有事啦。」

喵～

在俊一郎大腿上縮成一團的小俊，像是在附和似地叫了一聲。

『連小俊都在？這更不行吧。俊一郎，你該不會是拖欠房租被趕出來了吧？』

「怎麼可能。」

『那到底是為什麼？』

「還不是因為那傢伙說什麼要開破案慶功宴，要來這裡作菜啦。就算她擅自決定——」

『那傢伙是誰呀？』

完了。俊一郎突然醒悟，但已經太遲了。

『喂俊一郎，那傢伙到底是誰？』

「……就是，曲矢刑警的妹妹啦。」

『亞弓呀？真的是個好孩子呢。』

「咦……妳有見過她嗎？」

『沒，不過我已經都好好調查過了。』

「調查什麼？」

『當然是她的人品呀。』

「咦……妳調查過囉？」

只要動用外婆的顧客情報網，大部分人的身家背景都能輕易調查出來。俊一郎在工作上也曾數度請外婆幫忙，不過每次都收到高額的請款單，要是付款遲了就會受到凌厲的催款攻勢。就算面對自己的親生外孫，外婆也絲毫不會放水。

「不過，為什麼？」

『那當然是因為，她可能會變成咱們家的孫媳婦，是個重要的小姐呀。』

「這……」

『話說回來，俊一郎你怎麼還是這麼害羞。居然叫自己的女朋友「那傢伙」，你要好好叫人家「亞弓」呀。』

「誰、誰、誰……」

『快點回事務所啦。』

俊一郎正打算抗議時，外婆拋下一句話就逕自掛上電話。

「啊，找到了。」

這時，屋頂上的門開了，亞弓探出臉來。

「他們說再三十分鐘就會到了。」

「我說呀，到底為什麼慶功宴要辦在我的事務所呀？」

「聽說有獲得新恒警部的許可喔。」

「不，跟他沒關係吧。」

「對呀，哥哥有邀他，但他好像有工作來不了，真的好可惜喔。」

「我不是在說這個——」

「不過唯木會來。」

「咦……」

「她和哥哥正在來這邊的路上，這樣男女生人數就一樣了呢。對了，小俊喵也去叫重金屬來好了。」

「什、什麼？」

重金屬是住在附近的家貓，一隻不好看、不可愛、不討喜，集滿討人厭三不條件的三花貓。因為牠身軀異常肥胖，所以俊一郎都叫牠「肥油貓」。那隻貓老是擅自闖進事務所，又一副唯我獨尊的自大模樣，俊一郎每次要趕牠出去都得大費周章。不過只要一想到牠是小俊的朋友，俊一郎就會勉為其難地忍耐一下。可是現在居然說要特地去邀請那隻惹人嫌的肥貓。

「不、不用、慶功宴還是自己人就……」

「哇，沒時間了。小俊喵，走囉。」

俊一郎的意見就這麼空虛地消散在寒風之中，只有亞弓和小俊愉快的對話聲音，一直在他耳裡不停迴盪。

「小俊喵，你去邀完重金屬，也要來幫忙準備喔。」

喵～

國家圖書館出版品預行編目資料

死相學偵探 . 5, 十二之贄 / 三津田信三作 ; 莫秦譯 . -- 1 版 . -- 臺北市 : 臺灣角川 , 2017.08
面 ; 公分

譯自 : 死相学探偵 . 5, 十二の贄
ISBN 978-986-473-772-7(平裝)

861.57 106008470

文學放映所090

死相學偵探5：十二之贄

原書名＊十二の贄　死相学探偵5

作　　者＊三津田信三
封面插畫＊田倉トヲル
譯　　者＊莫秦

2017年8月24日　一版第1刷發行

發 行 人＊成田聖
總　　監＊黃珮君
總 編 輯＊呂慧君
編　　輯＊林毓珊
設計指導＊陳晞叡
印　　務＊李明修（主任）、黎宇凡、潘尚琪

發 行 所＊台灣角川股份有限公司
地　　址＊105 台北市光復北路11巷44號5樓
電　　話＊(02)2747-2433
傳　　真＊(02)2747-2558
網　　址＊http://www.kadokawa.com.tw
劃撥帳戶＊台灣角川股份有限公司
劃撥帳號＊19487412
法律顧問＊寰瀛法律事務所
製　　版＊尚騰印刷事業有限公司
I S B N ＊978-986-473-772-7

香港代理＊香港角川有限公司
地　　址＊香港新界葵涌興芳路223號新都會廣場第2座17樓1701-02A室
電　　話＊(852)3653-2888